AF202980

www.tredition.de

Der Weltenbrand, der sich 1914 erstmals Bahn brach, brachte nicht nur viel Leid über die Welt, sondern riss auch Paare, Familien und fest gefügte Gemeinschaften auseinander. So erging es auch den Dorfkindern Janne und Jehann. Nachdem das junge Glück bereits viele schwere Zeiten durchlebt hat, die im ersten Band der „An-der-Schwelle"-Romane geschildert werden, blieb Jehann 1914 nichts anderes übrig, als seine große Liebe allein auf dem Hof seines verstorbenen Vaters zurückzulassen. Dort holen Janne die Schrecken der Vergangenheit ein, während Jehann im fernen Russland um sein Leben fürchten muss.

„An der Schwelle zum Untergang" ist eine mitreißende Erzählung von Liebe, Verlust und schier unerträglicher, fesselnder Angst – Angst um die Liebsten, Angst vor dem, was kommen wird, Angst um das eigene Leben – und doch scheint ein guter Ausgang stets möglich.

Lassen Sie sich von einer bildhaft geschilderten Erzählung in den Bann ziehen, die auch einhundert Jahre nach dem Ende des Ersten Weltkrieges aktuell erscheint. Hierbei werden Sie sich bis zum Schluss fragen, wem Sie trauen können.

Carsten Dethlefs

An der Schwelle zum

Untergang

© 2018 Carsten Dethlefs
Lektorat: Susanne Junge, Andrea Henkel
Satz und Gestaltung: Susanne Junge
Umschlaggestaltung: Ralf Zahn
Umschlagfoto: Pixabay
Verlag & Druck: tredition GmbH, Hamburg
ISBN   978-3-7323-5822-9 (Paperback)
ISBN   978-3-7469-2604-9 (e-Book)

Das Werk, einschließlich seiner Teile, ist urheberrechtlich geschützt. Jede Verwertung ist ohne Zustimmung des Verlages und des Autors unzulässig. Dies gilt insbesondere für die elektronische oder sonstige Vervielfältigung, Übersetzung, Verbreitung und öffentliche Zugänglichmachung.

Vergangen ist vergangen und kommt nimmermehr
Gedanken an die Zeiten wiegen heut noch schwer
Sie werfen lange Schatten bis in die Ewigkeit
Vergangen – nicht vergessen – für jetzt und alle Zeit.

Inhaltsverzeichnis

Prolog – Freya

15. Oktober 2017

Der Hof lag inmitten einer ländlichen Idylle. Nur wenige Häuser umrahmten ihn. Er schien verlassen. Einzig ein dunkelgrauer VW Passat mit Hamburger Kennzeichen stand noch vor der Eingangspforte zum Grundstück, auf dem sich ein ansehnliches Bauernhaus befand. Und da schloss auf einmal jemand ein Fenster. So unbewohnt war es dann also doch nicht. Eine junge Frau mit blonden, zerzausten Haaren war hinter einem der Fenster des Bauernhauses auszumachen.

Verschwitzt und etwas verwirrt betrat die junge Frau namens Freya wieder das Sterbezimmer ihrer Oma. Wäre sie nicht, alarmiert durch die Nachbarin Tante Liese, von Hamburg aus aufgebrochen, hätte den Leichnam ihrer Großmutter womöglich noch lange niemand gefunden. Freya hatte gerade den Bestatter Herrn Gantrum verabschiedet. So freundlich und zuvorkommend er auch war, irgendwie schien er Freya unheimlich. Er sprach von vielen Geheimnissen, die ihre Oma jetzt ins Grab mitgenommen hätte. Freya wusste nicht, was das bedeuten sollte. Aber wenn sich bis jetzt niemand für diese vielen Geheimnisse interessiert hatte, konnte es doch wohl nicht so schlimm sein, wenn sie nun in der Dunkelheit des Vergessens verschwinden würden.

Freya hoffte, dass ihr Vater sich melden würde. Sie hatte ihm zumindest eine Nachricht übers Handy geschickt. Als Mitarbeiter von „Ärzte ohne Grenzen" würde er sich allerdings nicht so einfach davonmachen können – selbst nicht, um den Tod seiner Mutter zu betrauern und sie der Erde zu übergeben. Wie Freya feststellte, hatte er ihre Nachricht noch nicht einmal gelesen. Sie fühlte sich erschöpft und atmete tief durch, um Kraft zu sammeln.

Jetzt war das Zimmer tatsächlich leer. Der Körper ihrer Oma hatte einen tiefen Abdruck auf der Matratze des Bettes hinterlassen, in welchem er noch vor wenigen Minuten reglos und steif gelegen hatte. Sie konnte diese Mulde in der Matratze gar nicht mit dem Bild in Übereinstimmung bringen, das sie von ihrer Oma hatte – eine kleine, gedrungene Frau mit energischen Gesichtszügen und weißem Haar. Es war still hier in der Kammer. Eine Stille, die Freya lange nicht erlebt hatte. Aus Hamburg kannte sie so etwas nicht. Diese Stille lastete auf ihrem Gemüt wie ein schwerer Stein. Allein die große Uhr an der

Wand tickte unbeirrt vor sich hin „Ticktack, ticktack." Freya schien es, als ob sie ihre eigenen
Gedanken hören könne. Das erste Mal seit vielleicht
drei Monaten, in denen sie nie außerhalb von Groß-
städten unterwegs gewesen war, wurde sie sich ihrer
selbst bewusst. „Ticktack, ticktack". Die Uhr musste
schon sehr alt sein. Sie war schlicht gehalten. Nur an
einer Stelle trug sie eine Gravur, ein Kreuz war an
der Oberseite in das helle Holz eingelassen. Heute
würde man sich so etwas nicht mehr ins Schlafzim-
mer hängen, war sie sich sicher. „Ticktack, ticktack."
Vor Kurzem war sie noch mit ihrem Freund – wahrscheinlich mittlerweile Exfreund – John in New
York gewesen. Wie lange hatte er sie jetzt schon
nicht mehr angerufen? Drei Tage? Vier Tage? Zu
lange in jedem Fall. Vielleicht war er jetzt mit der
Jamaikanerin Brenda zusammen, die er natürlich
rein zufällig bei einem gemeinsamen Abendessen in
Manhattan getroffen hatte. Bei diesem Gedanken
kam Wehmut in Freya auf. Was sie schon alles
gemeinsam durchgestanden hatten. Die Wohnungs-
suche in Hamburg, Johns nervige Schwester, die
unbedingt bei ihnen hatte wohnen wollen, und noch
so vieles mehr. Freya seufzte. Dann hatten sie ein
paar Tage nur für sich haben wollen und waren darum nach New York geflogen – wo ausgerechnet

diese Brenda auftauchte. Sie musste schlucken. New York übertraf die Hektik der Elbmetropole Hamburg um ein Vielfaches. Überall schubsten sich die Leute, um einen besseren Blick auf die Auslagen in den Schaufenstern zu erheischen. Der Autolärm war ohrenbetäubend, und ein paar schwarze Musiker versuchten vergeblich, sich mit ihren Musikinstrumenten Gehör zu verschaffen. Freya erinnerte diese Stadt an einen Bienenschwarm – einen Bienenschwarm, der sie erbarmungslos zu verschlingen drohte.

Die Luft war jetzt besser in dem Zimmer, nachdem Freya den Nachttopf ausgeleert und gelüftet hatte. Freya hatte umgehend die Fenster geöffnet, als sie vor einigen Minuten ins Zimmer gekommen war, um den Fäkalgeruch zu beseitigen, der ihr entgegengeschlagen war. Krampfhaft versuchte sie, die Gedanken an John aus ihrem Kopf zu verbannen. Besser, sie konzentrierte sich wieder auf die Gegenwart.

Sie griff wieder nach dem Schuhkarton, der halb unter dem Bett ihrer Großmutter gestanden hatte. Ihm hatte sie diesen seltsamen Brief entnommen, der aller Wahrscheinlichkeit nach von ihrer Uroma stammte. Sorgfältig verschloss sie den Karton wieder mit dem Deckel. Jetzt versuchte sie, ihre Gedanken zu ordnen. Welche Empfindungen waren das, die in ihrer Seele wühlten? Was war das wirklich für eine Familie, aus der sie stammte? Wie war der Hinweis des Bestatters zu verstehen, als er sagte, dass mit ihrer Oma jetzt viele Geheimnisse verloren gingen? Ihr schien es, als würde sie ihre Familie und sich selbst gar nicht mehr kennen. Sie hatte all diese Dinge ihr ganzes Leben lang nicht hinterfragt. Es war alles so, wie es war, und es war gut so. Die Angst, die jetzt tief in ihrer Brust schlummerte, kämpfte mit der Neugier und einem Gefühl der Entwurzelung. Ein Schiff auf hoher See ohne Kompass, ohne Land in Sicht, das von den Wellen hin und her geworfen wurde. Ja, das war das Bild, an welches sie jetzt denken musste. Sie fühlte sich heimatlos, den Stürmen des Lebens schutzlos ausgeliefert.

Freya hatte auf dem Hocker am Fußende des Sterbebetts ihrer Oma Platz genommen und hing ihren Gedanken nach, als ihre Hand wie zufällig auf ein Kästchen fiel, das nur halb unter das Bett geschoben war. Ihr fröstelte es, als in diesem Moment eine Orkanböe von draußen heulend und brausend an ihr Ohr drang. Der Sturm klang wie ein startendes Passagierflugzeug. Da wären in Hamburg längst sämtliche Sirenen angesprungen. Und dann noch diese Uhr. Wem sie wohl einst gehört hatte? „Tick-tack, ticktack." Wie hypnotisiert von der Uhr und dem Unwetter, das vor dem Fenster weiter an Fahrt aufnahm, zog sie das Kästchen unter dem Bett hervor. Der Deckel war nicht verschlossen, sondern stand ein Stück weit offen. Freya spürte das Frösteln immer stärker, obwohl es in der kleinen Kammer, abgesehen von der Zugluft, die durch die teilweise undichten Fenster drang, nicht wirklich kalt war. Verstohlen lugte sie ins Innere des Kästchens. Gänsehaut überzog mittlerweile ihren ganzen Körper. Sie merkte, wie sie anfing zu zittern. Es war kein heftiges Zittern. Aber sie spürte ihre Erschöpfung und Aufregung ganz deutlich. In dem Kästchen befand sich ein kleines, dickes Buch, dessen Seiten teilweise schon lose heraushingen. Wie in Trance und mit spitzen Fingern zog sie das alte Papier aus der Box, während das Ticken der Uhr in ihr wiederhallte. „Ticktack, ticktack." Ob es die ungewohnte Landluft oder die Stille war, vielleicht auch die seltsame Begegnung mit dem Bestatter Herrn Gantrum, das Ticken dieser merkwürdigen Uhr oder das Unwetter draußen, jedenfalls wurde ihr schwindelig. Mühevoll versuchte sie, die Uhr mit ihren Augen zu fixieren, um etwas Halt zu bekommen. Sie versuchte, sich zu entspannen, aber es wollte ihr nicht so recht gelingen. Waren das Schritte auf der Diele? „Quirtsch, tock; quirtsch, tock." Sie spürte geradezu, welch einzigartiges Manuskript sie da in Händen hielt, welch Lebensgeschichte und für immer erloschenen Gedanken hier niedergelegt sein mussten. Mit allergrößter Vorsicht strich sie die erste Seite glatt und blickte verstohlen auf die in altdeutscher Schrift verfassten Zeilen. Sie hatte diese Schrift noch gelernt, damals in der Schule, in einer freiwilligen Arbeitsgemeinschaft. Es schien ihr eine Art Tagebuch zu sein, denn die ersten Worte, die sie entziffern konnte, waren Datumsangaben. Den Inhalt der Kritzeleien auf der ersten Seite konnte sie beim besten Willen nicht erkennen. Aber das Datum war deutlich lesbar:

„1. August 1914
… Er ist jetzt schon fünf Tage bei den Soldaten.
Er war so traurig – nein – leblos, als er erfuhr,
dass sich sein Vater während seiner Abwesenheit
umgebracht hatte."

Freya verstand das nicht: Wer war „er", und von welchem Vater war hier die Rede? Sie las weiter, und mit jedem weiteren Wort versank sie mehr in die Welt, die in diesem Zimmer nur allzu gegenwärtig

15

war, obwohl sie wahrscheinlich schon seit mehr als einem Jahrhundert vergangen sein musste.

„Er wollte gar nicht mehr aufhören zu weinen, als er erfuhr, dass sich der alte Bauer erhängt hatte. Doch musste er zu den Soldaten, sich in der Kaserne melden, sonst hätten sie ihn doch noch umgebracht. Von dort kam er gar nicht erst zurück. Dann konnte ich für eine ganze Nacht auch nicht mehr aufhören zu weinen. In diesem Moment tat es mir so leid, dass ich damals in Hamburg mit Fabian angebandelt hatte. Aber ich hatte wirklich nicht damit gerechnet, dass er das Gefängnis überlebt, und genau darum brauchte ich jemanden, der mir in dieser Zeit Halt gab. Zum Glück hilft mir jetzt der Nachbar, Peter Jensen, den Hof von Jehanns Vater zu führen. Es sind zwar nicht mehr viele Tiere hier, aber die fünf Kühe müssen gemolken und gefüttert werden, und die Hühner werden in ein paar Tagen geschlachtet, bevor sie zu alt sind. Ich kann Jehann verstehen. Auch ich habe schließlich meinen Vater verloren, wenn auch auf andere Weise. Wo er jetzt wohl ist? Ob er noch lebt? Ich habe nichts von ihm und über ihn gehört, seitdem ich wieder hier bin.“

Freya blätterte neugierig um.

2. August 1914
„Es ist einsam. Zwar kann ich jederzeit zum Nachbarn gehen. Doch so richtig anvertrauen kann ich mich nur meinem Tagebuch. Es ist jetzt schon fast zwei Monate her, da ich mit Jehann meine Heimat und meinen schrecklichen Vater hinter mir gelassen habe. Es kommt mir sehr viel länger vor. Aber was ist auch alles in der Zwischenzeit geschehen? Die Welt scheint aus den Fugen geraten zu sein. Und jetzt in Wrohm fühle ich mich, als ob ich allein auf der Flucht wäre.“

Freya war wie elektrisiert. Wer schrieb diese Zeilen? War es ihre Uroma? Das könnte von der zeitlichen Einordnung her hinkommen. Wahrscheinlich hatte ihre Oma dieses Buch noch gelesen, bevor sie für immer die Augen schloss. Dann hatte sie es nicht mehr geschafft, das Kästchen mit dem Buch zur Gänze unters Bett zu schieben, sodass es Freya jetzt auffallen musste. Mit größter Vorsicht blätterte sie die nächste Seite auf und spürte dabei den Staub und das raue Papier unter ihren Fingern. Erneut versank sie in die beschriebene Welt und verlor sich jetzt gänzlich in den Worten, die ihren Urheber nach wie vor nicht endgültig preisgaben. Ausgelöst durch den Sturm, der jetzt fast wie ein Rudel Wölfe heulte, durch das Knarren auf dem Flur, das Ticken der Uhr und die Einsamkeit stiegen in ihrem Inneren Bilder herauf, welche zu den Worten auf dem alten Pergament zu passen schienen. Freya fragte sich zwar, woher diese Bilder, die sie in der Realität sicher noch nie gesehen hatte, kommen konnten, sie tat diese Frage aber mit ihrer Angespanntheit und der überreizten Fantasie ab. „Ticktack, ticktack." Ein Kribbeln erfüllte ihren Körper, als würde das raue Papier, das sie in Händen hielt, über ihre Haut reiben. Sie wusste nicht, wie ihr geschah, dennoch las sie weiter.

„Der Kaufmann hat mir zum Glück zwei Hühner abgekauft. So konnte ich mir Brot und Kartoffeln leisten, die ich zu dem Fleisch eines weiteren Huhns gegessen habe. Auch wenn ich nicht wirklich Hunger leiden muss, macht mich die Einsamkeit verrückt. In der Nachbarschaft gibt es eine Frau in meinem Alter. Auch ihr Mann ist bei den Soldaten. Nur stört mich, mit welch kühler Gleichgültigkeit sie über ihn redet. Auch das macht mich verrückt."

5. August

„Er hat geschrieben, endlich hat sich Jehann hören lassen! Wahrscheinlich hat er den Brief diktieren müssen. Seine Schreibkünste waren ja noch nie die besten. Aber er weiß sich zu helfen, da bin ich mir sicher. Ich bin so glücklich und zugleich so voller Angst. In Berlin ist er jetzt und bereitet sich in einer Kaserne für einen Marsch nach Russland vor. Oh nein, Berlin. Er hatte doch schon in Hamburg alle Mühe, sich an die Stadt zu gewöhnen. Wie muss es ihm erst in Berlin ergehen? Berlin ist doch bestimmt noch viel größer. Aber er beschwert sich nicht.

„Die Russen sind genauso Feinde wie die Engländer und Franzosen", schreibt er stattdessen. Er habe zwar noch nie einen Franzosen kennengelernt, aber es stimme schon, was man überall sagt, erzählt er weiter: „Sie sind korrupt, fressen Ungeziefer wie Frösche und Schnecken und wollen, dass wir alle nach ihrer Pfeife tanzen." Als eine überhebliche Nation bezeichnet er sie.

Oh, mein Jehann. Was musst du nur aushalten? Pass nur gut auf dich auf. Ich vermisse dich so sehr. Manchmal habe ich nachts das Gefühl, als ob jemand über den Flur schleicht. Es knarrt und raschelt überall. Aber wahrscheinlich sind es nur die Mäuse. In diesen Nächten verkrieche ich mich tief in dein Bett, in dem wir zumindest ein paar gemeinsame Stunden verbringen konnten."

Die Einträge für den nächsten Tag, den 10. August, waren nur sehr schwer leserlich. Die Schrift war verschmiert und irgendwie blasser als die Buchstaben an den vorangegangenen Tagen. Nur mit Mühe schaffte es Freya, die Worte zu entziffern:

„In den letzten Tagen war hier die Hölle los. Leute von der Armee liefen durch das Dorf, um sicherzustellen, dass sich kein junger Mann vor dem Krieg drückt. Ein paar haben sie dann auch tatsächlich gefunden. Sie waren auf den Heuböden der Bauernhöfe am Dorfausgang. Einige Männer haben geschrien, geheult und geschluchzt, sich gewehrt und mit aller Macht gegen die Soldaten angekämpft. Doch es half ihnen nichts. Sie wurden sogar mit einem Fahrzeug abtransportiert, das ohne Pferde und andere Zugtiere auskam. So etwas habe ich noch nie gesehen."

Die Schrift wurde kleiner, und je mehr Freya sich anstrengte, die Worte zu entziffern, desto mehr vermischten sich Fantasie und Schrift. Die inneren Bilder schienen jetzt gänzlich die Oberhand zu gewinnen:

„Heute war ich das erste Mal am Grab von Jehanns Vater. Ein schlichter Stein und ein Holzkreuz. Ein wenig Rasen ist auf dem Grab gesät. Es gab wohl niemanden, der es pflegen wollte. Gerade einmal 41 Jahre, älter ist er nicht geworden. Zwar schon nicht mehr ganz jung, aber gute zwanzig Jahre hätte er doch noch gehabt. Mein lieber Jehann, ich hoffe wirklich, du liest diese Zeilen eines Tages und begreifst, was die Leute hier durchmachen müssen. Es sind kaum noch junge Männer da, die die Stallarbeit erledigen können. Nur noch die Mütter und manchmal Großmütter verrichten die schwere Arbeit. Bald wird man wohl auch die Schulklassen aus dem Dorf zum Militär einziehen. Dann gibt es noch weniger Leute, die anpacken können. Auch mir schmerzt abends der Rücken. Morgens scheint es, als ob Sand durch meine Adern strömt, so kribbelt es, sicher ein Zeichen meiner Muskeln.

Peter Jensen ist ja auch schon 70 und kann nicht mehr viel tun. "

In diesem Moment gesellten sich zu Freyas inneren Bildern auch Worte, die aus einer anderen Welt an ihr Ohr zu dringen schienen. Sie wunderte sich in diesem Haus über gar nichts mehr. Die Atmosphäre war magisch, geisterhaft, irgendwie irreal. Ob sie jedoch Angst hatte, konnte sie in diesem Moment nicht sagen. Alles war ihr so vertraut und doch so fremd. Wem gehörte diese Stimme?

Kapitel 1 – Janne

„Hey, Janne, wir müssen noch die Hühner schlachten, ausnehmen und in die Speisekammer schleppen. Sonst geht der Fuchs mit ihnen ab", ein gebeugter, weißhaariger Mann mit einem tief durchfurchten Gesicht stand vor der dunklen, aus massivem Eichenholz gefertigten Tür von Jehanns Kammer, die jetzt von Janne bewohnt wurde. Die schmale und steile Treppe, die zu dem Zimmer führte, schien seit langem nicht mehr gesäubert worden zu sein. Fußspuren zeichneten sich in dem Staub auf den Stufen ab. Kein Mucks drang von innen an das Ohr des alten Mannes. „Janne, nun sieh zu, dass du aus den Federn kommst!"

Während Peter Jensen ungeduldig mit seinen Fingern auf das Treppengeländer trommelte, öffnete sich unten knarrend eine Tür. Der alte Bauer blickte über seine Schulter und erspähte Janne am Fuß der Treppe.

„Wo kommst du denn her?", ärgerlich blickte Peter Jensen die Treppe herab, bevor er sich langsam und mühevoll an den Abstieg machte.

Von unten schallte es mit einer hellen Frauenstimme „Ich war gerade dort, wohin du mich bestimmt nicht begleiten wolltest."

Janne stand in ihrer Arbeitskleidung unten an der bereits geöffneten Verbindungstür zum Stall. Schräg über ihr tropfte es feucht von dem Balken, an dem sich nur wenige Wochen zuvor Jehanns Vater, eigentlich sein Adoptivvater, erhängt hatte.

„Bring mal das erste Huhn her. Ich drehe ihm den Hals um. Dann kannst du es ausnehmen. Den Kühen habe ich schon Gras hingeschmissen."

Es schien Janne, als sei der alte Bauer heute besonders brummig. Wahrscheinlich ärgerte er sich, dass sie eine halbe Stunde verschlafen hatte. Aber die Einsamkeit war so schrecklich, dass sie in der Nacht kaum Ruhe fand. Und dann war da noch dieser Traum: In den wenigen Minuten, in denen sie ihr Bewusstsein zur Ruhe betten konnte, sah sie sich in einem Schlachthaus. Alles war voller Blut, Schweinsköpfe und Rinderhälften. Unidentifizierbare Knochen hingen an Haken, die an der Decke befestigt waren. Die Szenerie war in ein weißes, ungewöhnlich grelles Licht getaucht, das absolute Sauberkeit vortäuschte. Ohnmächtige Schreie drangen an ihr Ohr, und aufgeregtes, aber unverständliches Geflüster schallte von überall her. Sie ahnte mehr, als sie es in diesem Zustand wissen konnte, dass eine finstere Macht sie umschloss. Als sie erwachte, waren auch die Vögel vor dem Fenster schon erwacht.

Sie musste erst einmal realisieren, dass sie wach war, da standen die Zeiger der Uhr auch schon im rechten Winkel auf der Sechs und auf der Neun. eigentlich begann der Tag hier spätestens um viertel nach fünf. Hals über Kopf war sie durch den Stall gerannt, direkt zum Abort auf der Rückseite. Ihre Gedanken hatten sich kaum geklärt, da hörte sie Peter Jensen rufen. Aber nun war sie ja da und konnte ihr Tagewerk beginnen.

Gedankenverloren ergriff sie ein kreischendes Huhn. Sie spürte, mit welcher Energie das Blut durch die Adern des Tiers gepumpt wurde, mit welch krampfhafter Verzweiflung es versuchte, seinem Schicksal zu entgehen. Doch Janne war unnachgiebig und reichte das zitternde Federbündel an Peter Jensen weiter.

„Gib mir mal das Messer rüber!"

Janne erschrak, gerade hatte sie sich wieder an ihren Traum aus der letzten Nacht erinnert. War Jehann auch dort gewesen? Sosehr sie sich auch anstrengte, es wollte kein klares Bild mehr entstehen.

„Das Messer, Janne, sonst sind wir heute Abend noch nicht fertig!"

Unter Aufbietung aller mentalen Kräfte und mit einem zwanghaften Lächeln reichte sie Peter Jensen das Schlachtwerkzeug, das hinter ihr an der Wand baumelte. Mit einem Ruck war der Kopf des Tieres abgetrennt. Mit einem erstickten Krächzen beendete der Vogel sein Leben in den großen Händen Peter Jensens. Ähnlich verfuhren Janne und der alte Bauer mit dem restlichen Federvieh. Als endlich alle Hühner ihr Leben ausgehaucht hatten, war es an Janne, die kopflosen Vögel mit in die Küche zu nehmen, sie auszuweiden und in eine Salzlauge einzulegen, damit sie länger genießbar waren. Sie hatte nichts gegen diese Arbeit, aber so langsam hing ihr das Hühnerfleisch zum Hals heraus. So griff sie sich das Salz, eine Schüssel, ein Messer und ein Abfallbehältnis für die Innereien. Dann begann sie ihr morgendliches Werk, jedoch nicht, ohne vorher noch ein großes Glas frischer Milch getrunken zu haben. Die Arbeit ging ihr leichter von der Hand, als sie es sich ausgemalt hatte.

Nach drei Stunden konnte sie schon fast zum Abwaschen der Behälter übergehen. Um die Mittagszeit – Peter Jensen war wieder auf seinen eigenen Hof zurückgekehrt – erklang plötzlich lautes Geschrei auf der Straße. Janne, die sich immer noch in der Küche befand und gerade Kartoffeln für eine Hühnersuppe schälte, lief halb erschrocken, halb neugierig zum Fenster. Zuerst konnte sie draußen gar nichts erkennen, da der sommerliche Staub die

Scheibe massiv bedeckte. Mit einiger Mühe gelang es ihr, das Fenster ganz zu öffnen. Die heiße Sonne schien ihr ins Gesicht, und sie musste blinzeln, um etwas zu erkennen. Was sie dort draußen sah, verschlug ihr die Sprache. Sie musste sich an der Fensterbank festhalten, um nicht ohnmächtig zu werden. „Wie schlecht die Welt doch ist", dachte sie bei sich. Sie verstand nicht, wie man so etwas machen konnte.

Auf der anderen Straßenseite prügelten einige Jungs – vielleicht 15 Jahre alt – aus dem Dorf auf den alten Lehrer Reimann ein. Janne kannte ihn nicht sehr gut, sie hatte ihn ein-, vielleicht zweimal gesehen. Jehann hatte ihr aber einiges über ihn erzählt. Ein vielleicht 60 Jahre alter Mann mit weißem Haar, einer dicken Brille und einem hinkenden, schaukelnden Gang. Sie konnte ihn unter der Meute kaum erkennen, aber seine Kopfform und die Kleidung waren eindeutig. „Warum sollen wir gegen ein Land in den Krieg ziehen, von dem wir noch nie etwas gehört haben? Wo liegt Serbien überhaupt?" Diese Worte eines großen, blonden Jungen, der drauf und dran war, mit einem Stock auf sein mittlerweile hilfloses Opfer einzuschlagen, waren deutlich vernehmbar.

„Ach ja, der Krieg", Janne schluchzte leise. „Diese dumme Gewalt. Wenn die anderen einsehen würden, dass nicht jedes Volk so klug und stark sein kann wie unseres, dann könnte man auf die Schießerei verzichten."

Aus den Augenwinkeln nahm sie wahr, wie der alte Briefträger auf seinem klapprigen Fahrrad die Straße entlangkam. Er hielt direkt auf das Bauernhaus zu, ignorierte den Tumult nur wenige Meter entfernt jedoch scheinbar. Langsam und umständlich stieg der alte Mann vom Fahrrad und ging mit seiner Briefträgertasche auf die Eingangstür des Bauernhauses zu. Janne verließ ihren Fensterplatz – vergessen war Lehrer Reimann. Ihre Gedanken waren sofort wieder bei Jehann; in freudiger Erwartung einer weiteren Nachricht von ihm öffnete sie mühevoll die Haustür.

„Moin junge Frau, heute habe ich wieder einen Brief für dich. Er soll wohl wieder aus Berlin sein."

Ohne ein Wort des Dankes riss Janne dem Beamten das Papier förmlich aus der Hand.

„Nun man geduldig. Die Buchstaben laufen nicht weg. Schlimm, was da drüben passiert. Die verprügeln den alten Schulmeister, und niemand tut etwas. Niemand kommt ihm zur Hilfe. Hoffentlich sperrt man diese Lümmel ein. Sie wollen nicht für uns in den Krieg. Dabei ist es doch eine patriotische Pflicht. Da wird der alte Reimann sie wohl dran erinnert haben."

Aber Janne hatte kaum noch Ohren für den gebeugt vor ihr stehenden Briefträger. Ihre Gedanken überschlugen sich. Was Jehann wohl schrieb? Hoffentlich ging es ihm gut.

„So, junge Frau. Es warten noch andere auf ihre Post. Es sind bestimmt noch mehr Briefe aus Berlin dabei. Ich will dann mal weiter."

Beschwerlich und unter vernehmbarem Ächzen entfernte sich der Briefträger langsam vom Hof und bestieg erneut sein Fahrrad. Janne knallte die schwere Eingangstür mit voller Wucht hinter sich zu und stürmte in die große Stube, wo sie sich auf das Sofa fallen ließ. Mit zittrigen Fingern öffnete sie den Umschlag und zog das knittrige Stück Papier heraus, das ihr die lang ersehnten Worte überliefern sollte. Das Herz klopfte ihr bis zum Hals. Es war unverkennbar die gleiche Schrift, aus der schon seine letzte Nachricht bestanden hatte. Mit Tränen in den Augen las sie die Worte, auf die sie täglich wartete:

„Liebe Janne, wir stehen hier in Berlin kurz vor dem Marsch Richtung Russland. Wir sind alle aufgeregt und tollkühn zugleich. Wir sind uns

sicher, dass es ein schwerer Kampf wird. Aber die Entschlossenheit ist mit jedem Atemzug spürbar. Sosehr ich mich auch noch vor ein paar Wochen vor dieser Situation gefürchtet hatte, sosehr fühle ich mich jetzt inmitten meiner Kameraden geborgen. Die Russen paktieren wohl mit Serbien, und von dort kam der Mörder des Herzogs. Wofür braucht man eigentlich einen Herzog? Die Nächte sind das Schlimmste. Wenn alle schlafen, denke ich an meinen Vater und daran, wie sehr er gelitten haben muss. Doch wenn ich jetzt weiter davon erzähle, werde ich meine Tränen heute nicht mehr stoppen können.

Weißt Du, wen ich getroffen habe? Hugo, den Jungen aus dem Zug nach Hamburg, den sie aus Dithmarschen rausgeschmissen hatten, und der unbedingt nach Berlin wollte. Er ist auch in meiner Kompanie. Er ist ein feiner Kerl und wird nach dem Krieg sicher ein guter Politiker. Jetzt müssen wir gleich antreten. Viel Zeit haben wir nicht. Den ganzen Tag finden Übungen statt. Ich vermisse Dich und habe Dich die ganze Zeit im Herzen, Dein Jehann"

Von draußen schallte Gesang in die Stille der guten Stube. Es schien ihr, als ob die Jungs, die gerade noch den Schulmeister Reimann so schrecklich verdroschen hatten, jetzt unter lautem Gesang abzogen. Sie hörte das ihr vertraute Lied:

„Schleswig-Holstein, meerumschlungen,
deutscher Sitte hohe Wacht!
Wahre treu, was schwer errungen,
bis ein schön'rer Morgen tagt!
Schleswig-Holstein, stammverwandt,
wanke nicht, mein Vaterland!
Schleswig-Holstein, stammverwandt,
wanke nicht, mein Vaterland!"

Dann war es wieder still. Was wollten die Jungs mit diesem Lied aussagen? Wollten sie nur für Schleswig-Holstein, nicht aber für ihr deutsches Vaterland kämpfen? Sie wusste es nicht, und es war ihr auch egal. Sollten diese ungehobelten, brutalen Burschen doch kämpfen, für wen sie wollten.

So glitten ihre Gedanken wieder hin zu Jehann, und ihre Augen wollten schier überlaufen, da klopfte es an die Eingangstür. Erschrocken und im ersten Moment noch verwirrt, rappelte sie sich auf und wankte zur hölzernen Tür. Es kostete sie erneut einige Mühe, bis sie den schweren Riegel öffnen konnte. Ein Knarren verriet, dass die Tür auf-schwang – da fiel ihr Blick auf den Besucher. Sie konnte sich vor Schreck kaum auf den Beinen halten. Die Gestalt, die ihre Augen wahrnahmen, hatte kaum noch ein menschliches Antlitz, vielmehr sah sie eine blutverschmierte Fratze vor sich. Müh-sam gelang es ihr, Worte zu formulieren und diese hörbar auszusprechen.

„Herr Reimann", stammelte sie. „Sie brauchen Hilfe! Ich habe mitbekommen, was mit Ihnen pas-siert ist."

Abwesend und mit großer Mühe formulierte der alte Lehrer seine Erwiderung: „Du bist Janne, rich-tig? Die Frau von Jehann", seine Worte waren un-deutlich und von einem schweren Röcheln begleitet. Verzweifelt hielt sich der alte Lehrer am Türrahmen fest. „Ich schaffe es nicht mehr nach Hause. Kann ich bei dir auf dem Sofa liegen? Du solltest den Arzt oder noch eher den Pastor holen."

Der Schulmeister tastete sich an der Tür entlang und trat über die Schwelle ins Bauernhaus ein. Fast stolperte er über den unebenen Eingang. Mit letzter Mühe konnte er sich noch am Rahmen der Tür fest-halten. Erst jetzt verstand Janne: Lehrer Reimann konnte nichts mehr sehen. Die Brille fehlte, und seine Augen waren verquollen, eines schien sogar halb herauszuhängen. Auch war er blass wie ein Gespenst. Janne stützte ihn, so gut sie konnte, und führte ihn zu dem Sofa, auf dem sie nur kurz zuvor den Brief Jehanns gelesen hatte. Mit einem durchdringenden Stöhnen ließ sich der alte Mann auf den weichen Stoff fallen.

Janne war ratlos, was sie jetzt tun sollte. Sie wusste zwar in etwa, wo sich der Arzt hier im Dorf befand, aber konnte sie diesen schwer verletzten Mann hier allein lassen? Verzweifelt blickte sie zu Boden und rang unschlüssig die Hände. Dann fasste sie einen Entschluss und rannte zu Peter Jensen hinüber. Der alte Bauer lag selbst noch in der Mittagsstunde auf dem Sofa und schreckte regelrecht hoch, als Janne die Stube betrat: „Janne, erst kommst du heute Morgen nicht aus dem Bett, und jetzt gönnst du mir noch nicht einmal meine Mittagsstunde!"

„Peter, Peter", stammelte sie. „Lehrer Reimann liegt bei mir auf dem Sofa. Er wurde von seinen großen Schülern halb totgeschlagen."

„Und, was soll ich dabei machen?" Die Frage des alten Bauern klang schroff und abweisend. „Der Pastor wohnt bei der Kirche, der Arzt zwei Häuser weiter. Dr. Otto Schmidt. Dort solltest du dein Glück versuchen."

Janne hatte hier scheinbar keine Hilfe zu erwarten. Verzweifelt und verbittert machte sie sich jetzt schnell auf den Weg ins Dorf, vorbei an der Stelle, wo nur wenige Augenblicke vorher auf Jehanns ehemaligen Lehrer eingedroschen wurde. Ob er es wohl überlebt? Als Janne sich die traurige Gestalt des Schulmeisters ins Gedächtnis rief, glaubte sie nicht wirklich daran. Nach einer gefühlten Ewigkeit erblickte sie das Haus, in welchem sie den Arzt vermutete. Außer Atem und mit vor Aufregung rasendem Herz stand sie nun vor seiner Tür und klopfte an das alte Holz. Wieder dauerte es für ihr Empfinden viel zu lange, bis Schritte auf der Diele zu hören waren. Ein grauhaariger Mann mit einem bärtigen, aber zugleich gütigen Gesicht öffnete ihr die Tür und blickte sie ruhig an. „Junge Frau, was kann ich für Sie tun?"

Janne schnappte nach Atem und stammelte: „Lehrer Reimann liegt bei uns im Sterben", für einen längeren Satz fehlte ihr die Luft.

Der Arzt schaute sie jetzt verwundert an: „Wer bist du? Und von wo kommst du?"

„Ich bin Janne und lebe derzeit auf dem Alsterhof."

„Du weißt schon, dass dieser an die Kirche gehen soll?"

„Ich bin das Mädchen von Jehann, der jetzt im Krieg ist."

„Dann sorgst du jetzt auf dem Hof für Ordnung? Der Krieg wird ja wohl nicht lange dauern. Wir laufen fix dorthin. Das wird am schnellsten gehen", klang der Arzt jetzt entschlossen. „Ich hole nur schnell meine Tasche."

Fünf Minuten später bogen Janne und der Arzt auf den Hof ein, der einst von Hermann Alster bewirtschaftet worden war. Janne war immer noch außer Atem und hatte erneut Schwierigkeiten, die Tür zu öffnen. Der Arzt half ihr mit einem Werkzeug, das so aussah wie ein Spachtel. Er schob es zwischen Tür und Rahmen und löste somit die Verkeilung. Als es ihnen schließlich gelungen war, die Tür aufzustoßen, hörten sie bereits die schweren Atemzüge des alten Lehrers. Janne geleitete den Dorfarzt in die Stube, in welcher der schwer verletzte Mann lag. Er registrierte die beiden Ankömmlinge nicht.

„Das sieht nicht gut aus", flüsterte der Mediziner.

Mit großer Vorsicht reinigte Dr. Schmidt die Wunden, die von den Faust- und Stockschlägen herrührten. Dabei begutachtete er die Reaktionen des Verletzten. Nach eingehender Untersuchung zuckte er die Schultern und brummte in seinen weißen

Bart: „Er hört uns nicht mehr. Heute Abend wird er tot sein."

Janne erschrak. Welch einem grausamen Schauspiel hatte sie da heute Mittag zugeschaut? Welch ein Verbrechen hatten die Schüler begangen? Und nahm die Gewalt denn niemals ein Ende? Sie schrie jetzt den Arzt an: „Und was mach ich, wenn er heute Abend hier steif und tot liegt? Was soll ich denn allein hier ausrichten?" Sie schluchzte jetzt.

„Keine Angst", beruhigte sie Dr. Schmidt. „Ich kenne den Pastor gut und werde ihn heute Abend zu dir schicken. Seine Sünden wird Reimann sowieso nicht mehr beichten können. Pastor Jöns kann sich um alles Weitere kümmern, wenn der alte Schulmeister es hinter sich hat."

Mit diesen Worten packte der Arzt seine Utensilien in die Tasche und verließ das Bauernhaus.

Dämmerung, Donner, ein Sommergewitter. Wie jeden Abend war Peter Jensen zu gewohnter Stunde auf den Hof gekommen; gemeinsam versorgte Janne mit ihm die restlichen Tiere, fütterte und molk die Kühe das zweite Mal an diesem Tag. Der Regen prasselte gegen die Stallwand, grelle Blitze erhellten den ansonsten schummrigen Raum. Mit keinem Wort erkundigte sich Peter Jensen nach dem Wohlbefinden von Lehrer Reimann. Auch Janne schnitt dieses

Thema von sich aus nicht an. Schweigsam war es jetzt im Stall.

Als Janne zurück ins Haus ging, schaute sie in der Stube nach Lehrer Reimann. Es war still. Tod lag in der Luft, während der warme Augustregen unnachgiebig gegen die Fensterläden trommelte. Der Fäkalgeruch lies Janne fast würgen. Kein Atemzug war mehr vom alten Lehrer zu vernehmen. Hoffentlich würde der Pastor bald kommen. Allein mit dem Tod in einem ihr unheimlichen Haus, das würde sie kaum aushalten.

Kapitel 2 - Der Sturm zieht auf

12. August 1914, Sarajevo

„Nun zwingen uns die Österreicher doch tatsächlich, gegen Serbien und Russland zu kämpfen, nur weil sie uns den Erlöser geschickt haben", Joran Isivic lehnte mit einer Zigarette im Mundwinkel an der schmutziggrauen Mauer der alten Kaserne und unterhielt sich mit einem weitaus kleineren Mann, der die Hände in die Hüften gestemmt hatte und neidisch auf Jorans Zigarette blickte.

„Ja, ein Unding ist das. Aber das ist Politik. Deutschland will auch gegen Frankreich ziehen. Das schaffen sie doch gar nicht alles auf einmal."

Joran blies den Rauch aus und räusperte sich: „Mein lieber Stefan, zumindest haben die Serben hübsche Frauen. Vor ein paar Tagen war eine Serbin bei Dr. Juric und mir. Ich habe alles gesehen, wirklich alles. Wir werden schon auf unsere Kosten kommen." Bei diesen Worten blickte Joran schmunzelnd zu Boden.

Jorans Kamerad Stefan lauschte gespannt den Ausführungen seines Gefährten, der nun schon vier Monate gemeinsam mit Dr. Juric dafür sorgte, dass

Frauen, die es nicht wollten, ihre Kinder nicht bekommen mussten. Nachdem Joran diese Praxis anfangs sehr widerstrebte, hatte er sich in seiner Not mittlerweile damit arrangiert. Was hätte er auch machen sollen, als er aus seinem Heimatdorf nach Sarajevo fliehen musste? Seine Fähigkeiten waren ansonsten nirgendwo gefragt. Körperliche Arbeit, wie er sie von zu Hause kannte, schien man in dieser Stadt nicht sehr zu schätzen. Allerdings war der Alltag von Joran und vielen anderen jungen Männern in seinem Alter nun schon seit einigen Wochen durch militärische Übungen bestimmt. Schlafen musste er in der Kaserne, wo er auch zu Essen bekam. Die Miete für seine Wohnung beglich er durch den Sold, der ihm am Ende einer jeden Woche ausbezahlt wurde. Trotz der guten Versorgung war ihm alles andere als wohl bei dem Gedanken, schon sehr bald gegen richtige Menschen kämpfen zu müssen. Bislang hatte er lediglich Tiere und gefühllose Strohsäcke massakriert. Wie schnell der Ernstfall jedoch Einzug halten konnte, merkte Joran, als einer seiner Kameraden bei einer Übung von einem Querschläger getroffen wurde. Igor starb wenige Stunden später im Lazarett. Ein richtiges Krankenhaus, das ohne Probleme erreichbar gewesen wäre, sollte man aus Übungszwecken meiden – im Feld müsste man ja auch ins Lazarett, und daran sollten sich die Männer gewöhnen. Das Gerücht über einen unmittelbar bevorstehenden Feldzug nach Russland machte schon lange die Runde, darum herrschte nicht nur bei Joran allergrößte Anspannung, die er versuchte mit flachen Witzen und vielen Zigaretten, die er noch als Wegzehrung von Dr. Juric mitbekommen hatte, abzuschütteln.

An diesem Morgen wurde es auf einmal hektisch in der Kaserne. Übungen wurden abgesagt, stattdessen besprach sich der Generalstab. In den Reihen der Rekruten machte der Ortsname Stallupönen die Runde. Kutschen, motorisierte Transportfahrzeuge und Sonderzüge standen schon seit einigen Tagen in der heißen Sonne bereit und glänzten wie Diamanten. Joran dachte bei sich, diese Fahrzeuge waren sicher auch ähnlich wertvoll wie Diamanten, schließlich halfen sie beim Überleben. Überleben, ja, das hatte er bis jetzt geschafft. Er hatte die Seuche überlebt, die seine ganze Familie dahingerafft hatte, er konnte sich in Sarajevo über Wasser halten, und der Querschläger, der seinem Kameraden das Gesicht zerfetzt und ihn getötet hatte, war an ihm nur haarscharf vorbeigegangen. Ja, er hatte schon viele Unwägbarkeiten überlebt. Aber würde das immer so weitergehen? Joran seufzte.

„Schau mal auf die Kirchturmuhr!", Stefan weckte Joran aus seinen Gedanken. „Wir müssen in zwei Minuten antreten. Sonst kriegen wir richtig Ärger."

Wo Stefan Recht hatte, hatte er Recht. Sofort warf Joran seine Zigarette auf den Boden, trat sie aus und marschierte mit seinem Kameraden zum Übungsplatz. Dort hatte bereits ein Großteil der Kompanie Aufstellung genommen. Auch der Kompaniechef stand längst auf seiner Position, um das weitere Vorgehen anzuordnen.

Zur gleichen Zeit in Berlin

„Stallupönen?", Jehann lachte. „Wo liegt das denn? Aber in Ordnung, dann nehmen wir das ein."

Nur ein Kamerad fiel in sein Lachen ein. Alle anderen schauten ihn streng an.

„Wenn wir nicht aufpassen, dann spricht man in unserer Heimat bald nur noch Französisch und vielleicht sogar Russisch."

„Diesen Gesellen will ich nicht dienen. Der russische Zar ist ein Ausbeuter, und die Franzosen haben ihre Revolution verraten", diese Worte kamen von Hugo Redder, dem jungen Mann, den Janne und

Jehann bereits bei ihrer Flucht aus Dithmarschen nach Hamburg getroffen hatten.

Jehann klopfte ihm aufmunternd auf die Schulter: „Genauso sieht es aus, Hugo. Du bist ein kluger Kopf."

Ein greller Pfiff, gefolgt von einem lauten Befehl: „Alle angetreten!" Der Kompaniechef Oberst Lenz gab die Order, Aufstellung zu nehmen. Voller Spannung erwarteten die Rekruten die Worte, die über ihr weiteres Leben entscheiden würden.

„Männer", erklang es laut und hart aus seinem Mund. „In unverbrüchlicher Treue stehen wir zu unseren Verbündeten, die gegen die Mächte kämpfen, welche uns ins Verderben gestürzt haben. Die russischen Kräfte positionieren sich an der Ostfront mit dem Ziel, ein Bollwerk des Schreckens gegen uns zu errichten. Das können wir nicht zulassen! Aus diesem Grunde werden wir einen massiven Schlag gegen die russische Infanterie bei Stallupönen vornehmen. Heute Abend werden die Züge Richtung Osten rollen. Im sicheren Abstand werden wir unser Lager errichten und, sobald die Kavallerie eingetroffen ist, den Kampf aufnehmen."

Ein Raunen ging durch die Reihen, nur um kurz darauf von einem weiteren Befehl des Obersts Lenz unterbrochen zu werden, der zu einer letzten Marschübung veranlasste.

Nacht vom 12. auf den 13. August, Wrohm

Wieder eine Nacht, die keinen Schlaf bringen wollte. Wieder durchwachte Stunden, durchwachte Ängste und ein Füllhorn an verrückten Gedanken. Wo die Jungs wohl jetzt sind, die den alten Lehrer totgeschlagen haben? Sie sind bestimmt auch in Berlin. Vielleicht würde man sie ja auch verprügeln oder gar erschießen. Nachdem Janne gemerkt hatte, dass der alte Mann nicht mehr atmete, hatte es bestimmt noch eine ganze Stunde gedauert, bis endlich der Pastor gekommen war, der den Leichnam auf seine Karre geladen hatte. Mit der Beerdigung würde sie wohl nichts zu tun haben. Der Geistliche sprach ihr noch sein Mitgefühl aus, dankte für ihre Hilfe und klagte über die brutale Welt. Janne solle zu ihm kommen, falls sie Sorgen hätte.

Das war jetzt schon einen, fast zwei Tage her. Vielleicht würde sie es tun und zum Pastor gehen. Auch wenn dieser den toten Körper des alten Lehrers mitgenommen hatte, blieben doch die unheilvollen Gedanken zurück. Was waren das nur für

Geräusche auf dem Flur? Sobald sie die Tür öffnete und hinausschaute, war da nichts. Sie hätte aber schwören können, dass sie Stimmen hörte, feste Schritte auf dem Holzboden oder auch ein merkwürdig leises Kratzen an der Zimmertür. „Jehann, wo bist du? Wo bist du, wenn ich dich am dringendsten brauche?"

Nach unzähligen weiteren zermürbenden Gedanken war auch diese Nacht vorbei. Die Vögel begannen ihr Lied, und die Kühe machten durch erste Laute auf sich aufmerksam. Als Janne schließlich die Verbindungstür zum Stall öffnen wollte, hörte sie ein Knarren. Die dunklen Gedanken aus der Nacht gewannen erneut die Oberhand, und sie erschrak. Reflexartig wandte sie sich um und sah, dass die schwere Eingangstür in der Morgenluft auf und zu schwang. Hatte sie sie gestern Abend nicht zugemacht? Eigentlich war es reinste Routine, die Tür noch einmal zu überprüfen, nachdem sie nach den Tieren im Stall geschaut hatte. Und das sollte sie gestern etwa vergessen haben? Sie konnte sich nicht vorstellen, dass sie daran nicht gedacht hatte. Aber für weitere Überlegungen dieser Art war jetzt keine Zeit. Peter Jensen würde bestimmt gleich rüberkommen, um gemeinsam mit ihr die Stallarbeit zu verrichten.

So geschah es dann auch. Peter Jensen kam um die Ecke gebogen. Er schien heute nicht gut zu Fuß zu sein, humpelte auffällig. Er selbst verlor aber kein Wort darüber. Ohne viel Gerede wurden die Kühe gemolken und gefüttert. Das verbliebene Schwein bekam frisches Stroh und mit alten Kartoffelschalen das erste Futter des Tages, die Milch der Kühe wurde in Flaschen abgefüllt, die Peter Jensen mitnahm, um sie beim Kaufmann anzubieten, und Janne schrubbte den Stall, obwohl sie genau wusste, dass er wenig später ohnehin wieder schmutzig sein würde. Sie murrte aber nicht.

Der Stall war gesäubert; Janne stützte sich auf die Schaufel und beobachtete gedankenverloren die Schwalben, wie sie in den Balken ihre Nester bauten und wie die Eltern ihre Jungen fütterten. Da sie den Blick nach oben gerichtet hatte, merkte sie nicht, dass sich ihr eine Wespe näherte. Auf einmal spürte sie einen Stich im Nacken. Sie erschrak und konnte gerade noch erkennen, wie sich das Insekt sichtlich geschwächt wieder von ihr entfernte.

Wütend rieb sie sich den Nacken und kehrte ins Wohngebäude zurück. Wieder musste sie an die Tür denken, die merkwürdigerweise am Morgen offen gestanden hatte. Als sie Peter Jensen darauf angesprochen hatte, lachte dieser nur. „Nun lässt du schon die Tür offen stehen, und es kommt trotzdem kein Mann."

Nach dieser unwirschen Bemerkung war Janne den ganzen Vormittag beleidigt, ließ es sich aber nicht anmerken. Es hätte ja ohnehin keinen Sinn gehabt, den alten Bauern noch zu belehren.

In den Nachmittagsstunden zwischen Mittagessen und dem abendlichen Melken ging sie ins Dorf, um etwas frische Luft zu schnappen. Es waren kaum Menschen auf der Straße. Einzig eine Kutsche mit einem Zeichen, wie sie es auch bei Otto Schmidt an der Tür gesehen hatte, kam ihr entgegen. Durch die Vorhänge erahnte sie mehr, als sie es sah, die Umrisse von bandagierten Männern. Wohin die Kutsche wohl fuhr? Sie verlor sie aus den Augen, als das Gespann um die nächste Kurve bog. Einige Meter weiter traf sie auf eine Frau in ihrem Alter, die ihr erzählte, dass sie jetzt schon zwei Wochen kein Lebenszeichen von ihrem Mann bekommen habe.

„Wie schrecklich", flüsterte Janne. Der Brief von Jehann lag erst drei Tage zurück. Wie würde es wohl sein, wochenlang nichts von ihm zu hören?

Als Janne schließlich den Heimweg antrat, meinte sie, kurz bevor sie auf den Hof einbog, einen Schatten am Fenster der Wohnstube zu erblicken.

Doch als sie näherkam, konnte sie außer der staubbedeckten Fensterscheibe nichts weiter erkennen. Weit und breit war kein Mensch zu sehen. Die Stallarbeiten waren schnell erledigt, sodass Janne schnell wieder an die frische Luft gehen konnte.

Es war ein schöner Sommerabend, und sie vergaß bald die düsteren Eindrücke des Tages. Der Wespenstich vom Morgen brannte zwar noch immer, doch sie biss die Zähne zusammen und ließ sich nicht aus der Ruhe bringen. Mit einem Buch setzte sie sich unter die Linde vor dem Bauernhaus, lauschte dem langsam leiser werdenden Vogelgesang und genoss den Duft des spätsommerlichen Klimas. Sie war so froh, dass sie das Lesen erlernt hatte. Ihrem Vater wäre es sicher lieber gewesen, wenn sie, statt in der Schule zu weilen, ihm zur Hand gegangen wäre. Aber da hatte sie sich mit Hilfe ihres Lehrers durchgesetzt. So konnte sie die Geschichte des auf einer einsamen Insel gestrandeten Robinson Crusoe ohne Hilfe lesen. Dieses Buch hatte sie noch zu Schulzeiten in der schuleigenen Bibliothek gefunden. Sie hatte es ausgeliehen und bis heute nicht zurückgebracht. Wahrscheinlich vermisste es mittlerweile auch niemand mehr. Sie kam ohnehin auch erst jetzt dazu, in dem dicken Schinken von Daniel Defoe zu lesen. Der Vater von Robinson versuchte mit allen Mitteln, seinen Sohn von der gefährlichen Seefahrt abzuhalten. Ein Sohn war schon im Krieg gefallen. Krieg. Überall war das ein Thema, sogar in diesem Buch. Wie es Jehann wohl jetzt ging? Sie musste schlucken. Dass Robinson letztlich auf einer Insel fernab aller Handelsrouten stranden würde, hatte er sich selbst wahrscheinlich auch nicht gewünscht. Sie fühlte sich selbst auch wie auf einer einsamen Insel gestrandet, konnte die Gefühle von Robinson Crusoe nachempfinden. Es war kein Schiff in Sicht, das sie retten konnte. Wie lang würde dieser Krieg wohl noch dauern? Wann würde Jehann wohl zurückkommen?

Auf der Straße sah sie an diesem Abend niemanden. Selbst die Gäste, die zu dieser Stunde für gewöhnlich Richtung Kneipe unterwegs waren, konnte sie nicht ausmachen. Ja, einsam und gestrandet, das war sie. Als die Kirchturmuhr schließlich neun Mal schlug, rappelte sie sich auf und machte sich fertig für die Nacht, eine weitere einsame Nacht.

Als sie im Bett lag, dachte sie erstmals seit ihrer Rückkehr aus Hamburg längere Zeit an ihren Vater. Niemand, den sie bislang getroffen hatte, sprach über ihn. Niemand sprach sie auf ihn an. Als sie Peter Jensen eines Tages vorsichtig gefragt hatte, hatte er nur mit den Schultern gezuckt. „Was willst du über deinen Vater wissen? Du bist ihm doch weggelaufen", war die lakonische Antwort des alten Bauern.

Es gab so vieles, woran sie denken musste. Ihre Gedanken wollten einfach nicht zur Ruhe kommen, unwillkürlich lauschte sie auf die Geräusche, die vom Flur an ihr Ohr drangen. „Quirtsch, tock; quirtsch, tock." Dann ein Knall, der das ganze Haus erbeben ließ. Dann wieder Stille. Krampfhaft versuchte sie, diese Klänge einzuordnen. Auch wenn es noch Sommer war, drang um diese Zeit kein Licht mehr in das Zimmer. Lediglich die schweren Balken, die in die Decke eingelassen waren, wähnte sie in dieser Minute über sich. Wahrscheinlich waren Marder am Werk oder Füchse, die irgendeine Tür aufgestoßen hatten. Sie wusste es nicht. Da half nur, sich noch tiefer in das Bett zu verkriechen. Irgendwann bemächtigte sich der Schlaf dann doch ihres müden Geistes.

13. August, Wrohm

Als Janne die Augen wieder öffnete, drang bereits Licht in das Zimmer. Der Blick auf die Uhr verriet ihr – die Zeiger standen auf viertel vor fünf; es war demnach Zeit aufzustehen und sich für die Arbeit zurechtzumachen. Ein Stück Brot würde sie noch essen, bevor sie in den Stall ging. Mit einiger Mühe schwang sie ihre müden Glieder aus dem Bett. Bereits etwas wacher, kleidete sie sich an. Dieser Morgen roch nach frischem Tau, nach Blumen und Leichtigkeit. Das waren Gefühle, die sie lange nicht mehr gespürt hatte. Vielleicht wurde ja doch alles gut und Jehann stand schon morgen wieder vor der Tür.

Als Janne aus der Schlafkammer trat, verspürte sie bereits einen Luftzug, der von außen zu kommen schien. Verwirrt stieg sie die steile Treppe herab und merkte, noch bevor sie in den Stall zum Abort einbog, dass die Eingangstür abermals offen stand. Erst jetzt spürte sie die Bauchschmerzen, die sie noch einen Schritt schneller in den Stall laufen ließen. Die düsteren Gedanken aus der letzten Zeit wurden durch die unerklärlich offen stehende Tür noch um ein Vielfaches verstärkt. Es war ja nicht die Tür an sich. Die Frage war vielmehr: Wer hatte sie geöffnet, und wer war in das Haus eingedrungen? Vorbei war es mit der Leichtigkeit von vorhin.

Erst die laute Stimme Peter Jensens beförderte sie in die Gegenwart zurück: „Janne, du Schlafmütze. Nun sieh mal zu, dass die Tiere was zu fressen kriegen."

Als Peter Jensen die blasse Gestalt Jannes erblickte, lachte er: „Na, viel geschlafen hast du wohl nicht. Hat der alte Reimann bei dir gespukt?" Er lachte heiser.

Natürlich hatte Janne auch schon diesen Gedanken gehabt. Aber auch heute ließ sie sich nichts anmerken. Sie biss die Zähne zusammen und verrichtete ihr Tagewerk.

Am frühen Nachmittag war ihr so schwindelig, dass sie große Zweifel hatte, abends noch mal in den Stall gehen zu können. Nach einem großen Glas Milch traute sie sich aber schließlich doch. Die Kühe schienen ihren Zustand zu spüren und machten es ihr an diesem Nachmittag leicht. Ohne Schwierigkeiten ließen sie sich melken und füttern. Erleichtert konnte sie den Stall nach kurzer Zeit verlassen. Peter Jensen half nur kurz mit der Fütterung.

Nach getaner Arbeit legte sie sich ohne eine weitere Mahlzeit an diesem Tag ins Bett. Das Buch von Robinson Crusoe nahm sie zwar mit ins Zimmer, schaffte es aber nicht, auch nur eine Seite zu lesen. Es dauerte an diesem Abend nicht lang, bis sie eingeschlafen war. Der nächste Gedanke, der ihr ins Bewusstsein drang, war ein Bild, waren Geräusche, die sie nicht zuordnen konnte. Sie war sich nicht sicher, ob es ein Traum oder Realität war. Die Umrisse waren jedenfalls deutlich. Ein Mann in einem schwarzen Gewand trug einen grauen Stein an einer Kette um den Hals, und er zählte rückwärts, immer wieder bei zehn beginnend. „Zehn, neun, acht, sieben, sechs, fünf, vier, drei, zwei, eins." Diese Abfolge wiederholte er drei Mal. Janne fing jedoch schon beim ersten Mal an, lauthals zu schreien. Ihr Körper vibrierte geradezu, während sie aus voller Kehle brüllte: „Hör auf, hör doch auf!" Der Mann stand jedoch wie festgemeißelt in der Tür und ließ sich nicht aus der Ruhe bringen. Als er das dritte Mal auf eins zurückgezählt hatte, sagte er in einer tiefen, ruhigen Stimme: „Vielen Dank, Fräulein, es war mir ein Vergnügen."

Als Janne wieder zu sich kam, tickte die große Wanduhr regelmäßig vor sich hin, als ob sie es schon seit Anbeginn der Zeit ohne Unterlass getan hätte. Allerdings war es erst vier Uhr, sodass es noch Zeit bis zum Aufstehen war. Dennoch konnte sie nicht mehr weiterschlafen. Was war das vorhin für eine Gestalt? War sie real? War sie ein Traum? Sie versuchte, sich abzulenken und nahm ihr Buch wieder zur Hand. Da noch kein Tageslicht ins Zimmer drang, zündete sie eine Kerze an. Robinson Crusoe erkundete gerade die Insel und stellte fest, dass er an diesem Platz nicht ganz allein sein konnte. Schädel und Gehirnschalen sah er in einem Gebüsch vor sich, von der Größe durchaus Menschen zuzuordnen. Janne fröstelte es. Wie zu ihrer Stimmung passend, hörte sie, wie Regentropfen an die hölzernen Läden prasselten, die sie abends zuvor noch vor das sensible Fensterglas geklappt hatte. Da war es wieder, dieses Knarren auf dem Dielenboden. „Quirtsch, tock, quirtsch, tock!" Sie fühlte sich wie auf einem alten Schiff, das jeden Moment auseinanderbrechen würde. Als sie drohte, erneut einzuschlafen, überwand sie sich und stand mit wackligen Beinen auf. Peter Jensen sollte sie nicht noch einmal eine Schlafmütze schimpfen.

Und tatsächlich vernahm Janne nur wenig später seine heisere Stimme, mit der er versuchte, sie zur Eile anzutreiben. Mittlerweile gelang es ihr aber meistens, sich von ihm nicht hetzen zu lassen.

Der Morgen dieses Tages verlief ohne besondere Vorkommnisse. Als sie sich nach dem Mittagessen, das aus einer weiteren Hühnerbrühe mit einem Stück Brot bestand, im Wohnzimmer ausruhte, hörte sie die Kirchturmuhr fortwährend schlagen. Es war mitten in der Woche. Es würde doch jetzt niemand heiraten? Als sie aus dem Fenster schaute und einige dunkel gekleidete Personen zur Kirche gehen sah, verstand sie – es musste wieder eine Beerdigung sein. Lehrer Reimann war schon gestern der Erde übergeben worden. Wen hatte es jetzt getroffen? Erkannte sie dort die Frau in ihrem Alter, die noch vor ein paar Tagen so kühl und abschätzig über ihren Mann gesprochen hatte? Es war sehr gut möglich.

„Das geschieht ihr ganz Recht", dachte Janne bei sich. Vielleicht würde sie jetzt die Menschen schätzen lernen, weil sie eben nicht ewig lebten. Als die Luft abends nicht mehr so schwül war wie tagsüber, dachte Janne an ihre Zeit in Tellingstedt. Eigentlich war sie dort auch einsam gewesen, Ablenkung hatte sie nur durch die Schule gehabt, war sich stets ihres lüsternen Vaters in ihrer Nähe bewusst. Diese Gedanken quälten sie so sehr, dass sie sich vornahm, sich abzulenken. Janne beschloss, an einem der kommenden Abende in den Krog zu gehen, in welchem sich für gewöhnlich die älteren Herren und die Landfrauen aus dem Dorf auf ein Bier trafen. Geld hatte sie zwar nicht, sie hoffte aber, dass sich ein edler Spender finden würde. Auch wenn sie sich damit möglicherweise in eine unheilvolle Abhängigkeit begeben würde, wäre es immer noch besser, als in diesem unheimlichen Haus nur für sich auf das Kriegsende zu warten. Zwar meinte jeder, dass es bald kommen müsse, garantieren wollte es jedoch niemand. Sie hielt die Einsamkeit einfach nicht mehr aus. Es mussten wieder andere Gedanken als die an die morgens in unheilvoller Regelmäßigkeit offen stehende Tür und an das Unheil, das Jehann wohl widerfahren wird, in ihre Welt eintauchen. Das konnte nicht geschehen, solange sie einsam auf dem Hof wachte.

Zur gleichen Zeit in Berlin

Noch am frühen Abend des 13. Augusts fuhren alle Männer aus Jehanns Kompanie in den bereitstehenden Waggons Richtung Russland. Die Fahrt war beschwerlich. Der schwerfällige Zug rumpelte über Baumwurzeln und schien manchmal gar nicht voranzukommen. Es war eng und stickig in den Waggons, und für die Notdurft der vielen Männer standen nur begrenzte Möglichkeiten zur Verfügung. Das Gefühl der Geborgenheit, das Jehann noch kurz zuvor empfunden hatte, wich dem Gefühl des Eingesperrt-Seins, dem Gefühl, die eigene Persönlichkeit inmitten zusammengeballter Körper zu verlieren. Endlos schien die Fahrt.

Am Morgen des 14. Augusts stoppte der Zug nach einer langen, anstrengenden und nervenaufreibenden Fahrt schließlich, und aus den schmutzigen Fenstern waren bereits teils motorisierte, teils mit Gespannen versehene Wagen zu erkennen, die große Geschütze geladen hatten. Der Name „Dicke Berta" machte die Runde. Es sollte sich um eine besonders wirkungsvolle Kanone handeln. Ein großer Auflauf von Menschen und Material war durch die fast schon vor Schmutz blickdichten Fenster nur zu erahnen. Glänzten die Karossen, mit denen die Truppen in diese Gegend gekommen waren, in Berlin noch in der Sonne und vermittelten das Gefühl von Sicherheit und Stabilität, starrten sie mittlerweile vor Dreck und machten ihre eigene Vergänglichkeit sichtbar. Der Boden war von einem ergiebigen Regenguss vollkommen durchweicht. Trotz der erfrischenden und reinigenden Regenschauer, die nur kurz zuvor niedergegangen sein mussten, stank es überall nach altem Öl, Benzin und Pferdedreck.

20 Kilometer seien es jetzt noch bis Stallupönen, war vom General Marshall von Falk zu erfahren. Er hatte sicherlich nicht viel mehr geschlafen als seine Männer, trotzdem schien er agil und ordnete an dieser Stelle die Aushebung von Schützengräben an.

Das Unterfangen erwies sich jedoch als schwierig. Die Gegend war stark bewaldet; kaum steckte man den Spaten in die Erde, stieß man auch schon unweigerlich auf Baumwurzeln, die nur sehr schwer zu entfernen waren. Jehann schmerzten alle Glieder, trotz seiner guten körperlichen Verfassung kostete es ihn große Mühe, die Anordnungen des Befehlshabers auszuführen. So viel Wald auf einmal hatte er noch nie gesehen. Allerdings mussten hier früher sogar noch mehr Bäume gestanden haben, denn jetzt gab es eine große freie Fläche, auf der sich wohl fünftausend Mann mit Fahrzeugen und Ausrüstung platzieren konnten.

Jehann erschrak, als er Kanonendonner hörte, die Waffen seiner Kompanie gleichwohl aber schwiegen. Gehetzt blickte er um sich und sah mit Erschrecken drei seiner Kameraden mit klaffenden Wunden im Bauch auf der schmutzigen Erde liegen. Einer der Männer stöhnte noch und versuchte vergeblich, sich aufzusetzen. Die erfolglosen Versuche führten entgegen seiner Absicht dazu, dass sein Blut noch heftiger aus der Wunde quoll und die Haut weiter aufriss. Von der Vorhut der deutschen Truppen waren zwar bereits Stacheldrahtverschläge errichtet worden, die Schützengräben für die Neuankömmlinge waren aber bei weitem noch nicht ausreichend tief. Schon hallten weitere Schüsse durch die Luft. Intuitiv schmiss sich Jehann auf die Erde und versuchte verzweifelt mit dem Spaten, mit den bloßen Händen und einem unstillbaren Überlebenswillen, sich tiefer in die Erde zu graben. Sein Gewehr, das er seit der Abfahrt in Berlin am Körper trug, musste er dafür auf den Boden legen. Endlich schien es ihm, dass auch Schüsse in Richtung der Feinde zu hören waren. Gewehrkugeln pfiffen durch die Luft, Granaten zischten nur haarscharf an ihm vorbei, bevor sie mit einem Knall und einer spürbaren Druckwelle in tausend Stücke zersprangen. Er sah, wie einige seiner Kameraden verzweifelt versuchten, unter dem nur wenige hundert Meter entfernt stehenden Zug Deckung zu bekommen. Spitze Schreie drangen an sein Ohr, Rufe nach Hilfe, nach Namen, die Jehann nichts sagten, und sogar ein Schrei nach der eigenen Mutter waren zu vernehmen. General von Falk bemühte sich hingegen mit seiner lauten Stimme vergeblich, die jungen Männer zurück zu seiner Division zu kommandieren.

Voll darauf konzentriert, sich so schnell und so tief wie möglich in die Erde zu graben, sprang Jehann vor Schreck kurz wieder auf die Füße, als ein ohrenbetäubender Donnerschlag die Erde erbeben ließ. Jehann blickte erschrocken auf eine gespensti-sche Szenerie. Zunächst widersetzte sich sein Verstand seinem Blick. Er konnte nicht glauben, was geschehen war. Es dauerte, bis er begriff, was seine Augen ihm zu vermitteln versuchten. Wo vorhin noch der Zug gestanden hatte, mit dem Jehann und seine Division angerückt waren, erblickte man nun-mehr nur noch ein Metallgerüst, das vor Hitze glühte. Die Scheiben waren vollkommen herausge-splittert, die Türen in Einzelteile zerrissen. Zudem stand kein Waggon mehr aufrecht. Schnell hatte sich Jehann wieder in die Mulde geschmissen und grub verbissen und zunehmend verzweifelt weiter. Mit jeder Hand Erde, die er hinter sich schmiss, war er sich seines Lebens ein kleines Stück sicherer. Während er mit hitzigem Eifer um sein Leben grub, nahm er seine Kameraden und das Treiben um sich herum schon gar nicht mehr wahr. Waren das Schreie? Eine gewaltige Druckwelle erfasste ihn, und ihm wurde schwarz vor Augen. Es rauschte und pfiff in seinen Ohren. Er hielt es nicht mehr aus, wollte schreien, aber kein Laut drang aus seiner trockenen und schmerzenden Kehle. Dann wurde es still.

15. August 1914, Wrohm

Janne hatte es gewagt; sie saß nun im Krog zwischen Frauen, die zwei-, manchmal vielleicht sogar dreimal so alt waren wie sie selbst. Der kalte Rauch stieg ihr in die Nase, und das Bier, das sie sich – genau wie die anderen Frauen – bestellt hatte, stand unangerührt vor ihr. Bier, so etwas hatte sie noch nie getrunken. Die Frauen um sie herum sprachen vor allem miteinander, nicht jedoch mit ihr. Vorsichtig hob sie das Glas an die Lippen und nippte ein paar Schlucke der bitteren Flüssigkeit. Fast wurde ihr schwindelig.

Da ging die Tür auf, und eine weitere junge Frau betrat den Raum; ihr folgte ein Mann, der noch kleiner war als sie. Der Anblick raubte ihr den Atem. In dem schummrigen Licht konnte sie es nicht genau erkennen, aber sie meinte, die Umrisse ihres Vaters zu erblicken. Schlagartig wurde ihr übel. Trotz all der Ereignisse, die sie bisher in der Fremde durchleben musste, war sie formal immer noch nicht mündig. Ihr Vater könnte sie jederzeit zu sich holen, ohne etwas Unrechtes zu tun. War das vielleicht sogar besser als die Einsamkeit auf dem Hof?!

Aber was würde er jetzt mit ihr tun, wo sie ihn einfach verlassen hatte? Ihr schwirrten die Gedanken im Kopf.

Noch hatte er sie nicht gesehen. Schnell und leise glitt sie von ihrem Sitz und schlich zur Hintertür. Aus den Augenwinkeln nahm sie wahr, dass das Männlein viel besser gekleidet war, als sie es von ihrem Vater kannte. Sie hatte ihr Bier noch nicht bezahlt oder sich einladen lassen. Daher hatte sie Angst, einfach so zu verschwinden. Über eines war sie sich jedoch im Klaren. Sie durfte auf gar keinen Fall ihrem Vater in die Hände fallen. Was würde er mit ihr machen? Sie erwartete das Schlimmste.

Da spürte sie auf einmal eine Hand auf ihrer Schulter. Erschrocken fuhr sie herum. Ihr wollten sogleich die Tränen in die Augen steigen. Gleich würde sie die schreckliche Gewissheit treffen, und sie würde dieses Mal nicht so leicht entkommen können wie damals mit Jehann. Da erkannte sie, dass es nicht ihr Vater war, der ihr eine Hand auf die Schulter legte, sondern der Arzt Otto Schmidt, der ihr gegenüberstand:

„Na, suchst du ein bisschen Abwechslung? Das wird dir guttun nach all den schlimmen Dingen, die du mitgemacht hast."

Da hatte er ganz sicher Recht. Sie brachte nur in diesem Moment kein Wort heraus. Vor Erleichterung wurde ihr warm ums Herz. Es fühlte sich an, als würde sich eine große warme Hand auf ihre Brust legen. Die tiefe ruhige Stimme des Mediziners verschaffte ihr so unendliche Entspannung. Sie merkte sogar, wie sie errötete.

„Komm, ich spendiere dir ein leichtes Bier. Man kann es auch mit Wasser mischen. Dann wird es dir nicht schwindelig."

Dankbar nahm Janne das Angebot des Mediziners an und ging jetzt sehr viel unaufgeregter zurück an ihren Platz. Nur einen kleinen Augenblick später stand ein frisches Glas Bier vor Janne auf dem Tisch. Sie hatte gesehen, wie Dr. Schmidt vorher einen großen Schluck Wasser in das Getränk geschüttet hatte. Sie nahm einen großen Zug der goldbraunen Flüssigkeit, und jetzt wollte ihr das Bier auch besser schmecken. Mit Genuss trank sie das Glas leer und dachte nicht mehr an ihren Vater. Otto Schmidt hatte ihr gegenüber Platz genommen.

„Es muss schon ganz schön einsam sein auf dem Hof", begann er die Konversation.

„Es ist schrecklich", antwortete Janne. „Jeden Morgen steht die Eingangstür offen, obwohl ich sie abends zuvor geschlossen hatte. Es knirscht und rumpelt zudem nachts ständig auf dem Flur."

Ihr Gegenüber verzog den Mund zu einem leichten Lächeln: „So etwas bildet man sich natürlich immer ein, wenn man einsam ist. Ich denke, dass die Eingangstür so schwer ist, dass du sie sowieso nicht richtig schließen kannst. Dann steht sie halt morgens offen."

Janne war traurig. Niemand glaubte ihr, selbst nicht der freundliche Arzt, auf dessen Hilfe sie gehofft hatte. Von diesem Moment an wollte sich auch keine richtige Unterhaltung mehr entwickeln.

Obgleich Otto Schmidt ihr ein wenig später anbot, sie nach Hause zu geleiten, bestand sie darauf, allein zu gehen. Nur mit Widerwillen stimmte der fürsorgliche Dorfarzt zu, nachdem er Janne zugesichert hatte, dass sie an diesem Abend eingeladen sei und er das Bier zahlen würde. Sie bedankte sich artig und machte sich auf den Heimweg.

Mit jedem Schritt, der sie näher zum Alster'schen Hof führte, wurde ihr mulmiger. Was würde sie erwarten? Würde die Tür erneut offen stehen? Sie verscheuchte diese Gedanken und versuchte, sich auf ihre abendliche Lektüre zu freuen. Mittlerweile war es so gut wie sicher, dass es außer Robinson noch andere Menschen auf der Insel gab. Diese

Menschen ernährten sich – soviel stand auch fest – überwiegend von Seefahrern, die auf dieser oder der benachbarten Insel gestrandet waren. Zumindest hatte sie in Wrohm nicht zu befürchten, dass jemand anderes sie verspeisen wollte.

Zu Hause angekommen, fand sie die Haustür geschlossen vor. Spürbar nahm sie wahr, wie sich ihr Herzschlag verlangsamte. Insgeheim hatte sie wohl doch große Angst gehabt, eine geöffnete Tür vorzufinden. Es kostete sie aber im Gegensatz dazu wieder einige Mühe, diese zu öffnen. Kurz zuvor hatte die Kirchturmuhr neun Mal geschlagen. Es war also genau die richtige Zeit, schlafen zu gehen. Vielleicht würde ihr das Bier helfen, in dieser Nacht ruhiger zu schlafen. Sie hatte sich noch genauestens versichert, dass die Tür geschlossen war, hatte extra dagegengetreten; sie bewegte sich keinen Millimeter. Da die Tür nach innen aufschwang, hatte sie zur Sicherheit sogar noch einen Stuhl davor gerückt.

Sie zündete sich die Petroleumlampe an, die neben dem Bett stand, und schlug ihr Buch auf. Ein paar Seiten wollte sie zumindest lesen. Und tatsächlich, nach einigen wenigen Seiten, die sie in ihrem Roman las, schlief sie schnell und entspannt ein. Aber auch in dieser Nacht wollten sie die Träume nicht in Ruhe lassen. Der Mann mit der Kette, an der ein grauer Stein hing, war ebenso wieder da wie ein ihr unerklärliches Rauschen, ein Rumpeln und ein Donnern. Im Halbschlaf merkte sie, wie ihr Herz klopfte, ihr Atem schneller ging und sie zitterte.

Verschwitzt und bebend wachte sie schließlich auf. Sie merkte, dass sie schnellstens ihre Blase entleeren musste. Darum sprang sie nach einem kurzen Blick auf die Uhr, die ihr verriet, dass es halb fünf war, aus dem Bett, schmiss sich ein paar Kleidungsstücke über und rannte Richtung Stall. Dabei stolperte sie fast über den Stuhl, den sie nachts zuvor vor die Eingangstür geschoben hatte und der jetzt links neben der Durchgangstür zum Stall lag. Er war umgekippt. Nachdem Janne sich erleichtert hatte, merkte sie auf dem Rückweg, wie die Eingangstür im frischen Wind immer wieder gegen den Rahmen schlug. Sie war erneut geöffnet worden.

Janne schrie, sie schrie aus voller Kehle. Das durfte doch nicht wahr sein! Als ob die Tür sie verhöhnen wollte, lies sie sich jetzt mit Leichtigkeit schließen und – wie Janne feststellte – nur mit allergrößter Mühe öffnen. Daraufhin ging sie in den Stall und schrak wie vom Blitz getroffen zusammen, als sie einen Schatten immer näherkommen sah.

„Na, mein Dirn. Du scheinst gut geschlafen zu haben", es war Peter Jensen, der heute wohl besonders früh zur Stallarbeit erschienen war.

Er griff sich sogleich eine Forke und begann damit, den bereitliegenden Silo in die Futtertröge zu schaufeln. Dabei keuchte er vor Anstrengung.

„Als ich so jung war wie du, haben die Frauen aber noch mit angepackt. Da gab es keine Ausreden", brachte Peter Jensen zwischen zwei Hustenanfällen hervor.

Verlegen ergriff Janne nun auch eine Forke und half dem alten Bauern nach Kräften. Trotz ihrer Jugend fühlte sie sich bei dieser Arbeit dem alten, routinierten Landwirt unterlegen. Ihr schmerzten die Arme. Sie keuchte fast genauso wie Peter Jensen. Bald war die Arbeit geschafft, und Janne atmete tief durch. Die Tiere hatten es gut. Sie konnten sich nicht so viele Gedanken machen wie Menschen und waren deshalb sicher auch nicht so ängstlich. Nach einer weiteren Stunde waren mit Hilfe Peter Jensens auch die Kühe gemolken. Jetzt würde sie ein Stück Brot essen, Milch trinken und sich danach an die Hausarbeit machen. Das Leben war so trostlos und schwer, und doch war es wohl für eine Frau normal. Frauen erledigen die Hausarbeit. So war es schon immer, und so wird es immer sein. Männer würden

Frauen immer nachstellen, und vielleicht hatte ihr Vater damals sogar Recht gehabt. Vielleicht hätte sie ihm ihren Körper von Zeit zu Zeit offenbaren sollen. Das war bestimmt normal. Aber normal wäre es auch, wenn Jehann hier wäre. Heiraten könnten sie ohnehin noch nicht. Aber sie könnten in jedem Fall zusammenleben und den Alltag meistern.

Kapitel 3 - Die düstere Sehnsucht

15. August 1914, Stallupönen, Russland

Jehann schlug die Augen auf. Die Umgebung roch scharf. Er schmeckte einen süßlich-bitteren Geschmack auf seiner Zunge. Es kribbelte in seiner Nase, und als er sich bewegen wollte, schoss ein stechender Schmerz durch seinen ganzen Körper bis in seinen Kopf. Er blinzelte, nahm seine Umgebung aber nur verschwommen wahr. Er hörte Schreie, Ächzen, gequälte Laute. Dann spürte er eine sanfte Berührung an seinem rechten Oberarm. Aus der Berührung wurde ein Brennen, ein Stechen, ein auflodernder Schmerz. Wie Feuer fuhr es ihm durch die Glieder. Dann hörte er eine Stimme, hell und genauso sanft wie die Berührung anfangs.

„Glück hast du gehabt, riesengroßes Glück. Deine Kompanie musste sich zurückziehen, nachdem die Hälfte ihrer Männer getötet oder verwundet wurde. Du hast nur ein paar Splitter abbekommen."

Aus den Augenwinkeln nahm Jehann eine junge Frau wahr. Sie hatte schwarze Haare und war sicher noch ein Stück kleiner als Janne. Janne! Wie es ihr wohl jetzt in der Heimat so ganz allein ging?

In der Hand der jungen Frau glänzte – soweit Jehann es erkennen konnte – eine silberne Injektionsnadel, die sie scheinbar gerade in seinen Arm gestochen hatte. Jehann versuchte zu sprechen, merkte aber, wie seine Zunge am Gaumen kleben blieb.

„Du musst jetzt nichts sagen. Auch wenn es dir schlecht geht, bist du einer derjenigen, die überleben werden. Das sind nicht viele", die Stimme der Frau, die ganz offensichtlich eine Krankenschwester war, war jetzt leiser. Sie flüsterte diese für Jehann freudige, für die anderen Verwundeten jedoch unheilvolle Botschaft, damit es seine Kameraden nicht mitbekamen.

Was war geschehen? Jehann ließ den Kopf wieder sinken und forschte in seiner Erinnerung. Er hatte gerade den Schützengraben ausgehoben; und kurz danach hatte die Erde erzitterte. Hatte er Schmerz verspürt? Er konnte sich nicht mehr erinnern. Er versuchte, sich mit geschlossenen Augen zu konzentrieren. Dabei hörte er, wie man einem Kameraden scheinbar das verletzte Bein schiente. Zumindest war von einem Bein die Rede. Die Schreie hallten in Jehanns Kopf wider. Der Gestank in diesem Saal erschien ihm mittlerweile bestialisch

zu sein. Nicht mehr nur das scharfe Desinfektions-
mittel, auch der Gestank von Eiter, Blut und Tod
waren deutlich wahrnehmbar. Abermals verließ ihn
das Bewusstsein.

Er wusste nicht, wie spät es war. Es schien ihm
aber so, als ob er lange und tief geschlafen hätte. Jetzt
konnte er die Augen ohne Schmerz und Schwindel
öffnen. Er sah auf den Nachbarpritschen Männer in
seinem Alter, Männer, die sogar jünger schienen.
Manchen fehlte die Hand, manchen ein Stück des
Beines, andere waren von langen roten Brandnarben
entstellt. Jehann musste schlucken, als er sah, dass
durch die geöffnete Tür immer weitere Verwundete
in den Raum gebracht wurden. Die Krankenschwester stand mit einem Arzt seitlich an der Tür.
Sie begutachteten die Männer und teilten sie in
unterschiedliche Reihen ein. Der Raum war zum
Bersten voll. Bald würde hier für jemanden wie ihn
kein Platz mehr sein, das wurde Jehann auf einmal
klar. Doch wohin mit ihm, wenn er hier raus
musste? Von seinem Kommandanten war weit und
breit nichts zu sehen. Jetzt lag er hier in der Fremde,
hatte immer noch Schmerzen, konnte immer noch
jederzeit getötet werden, kannte niemanden und
würde sich sprachlich noch nicht einmal mit den
Einheimischen verständigen können und dürfen. Er

wusste nicht, ob es an seinen Verletzungen lag, oder ob ihm die Ausweglosigkeit seiner Lage die Brust zuschnürte. Er wusste nur, dass er wieder kurz davorstand, sein Bewusstsein zu verlieren. Hoffentlich würde die nette Krankenschwester gleich wiederkommen.

Doch nachdem alle Verwundeten in unterschiedlichen Reihen auf Pritschen lagen, verabschiedete sich die junge Frau von dem wachhabenden Arzt. Jehann fühlte sich vollkommen allein und verlassen, trotz der zahlreichen Verwundeten um ihn herum. Wie es Janne jetzt wohl ging? Und was seine Kameraden jetzt wohl machten? Erkannte er einige der Männer wieder, die hier lagen? Mühevoll hob er den Kopf und blickte umher. Er war verzweifelt.

Da öffnete sich die Tür zum Krankensaal und ein uniformierter Soldat mit den Abzeichen eines Oberst schritt forsch hinein. Er sprach kurz mit dem Arzt. Dann erklang seine Stimme in der gedrückten Atmosphäre des Krankensaals kalt wie Stahl: „Kameraden! Alle rehabilitationsfähigen Männer können nach ihrer Genesung für eine Woche auf Heimaturlaub gehen. Die Schlacht um Stallupönen ist ergebnislos beendet."

Bei diesen Worten mahlten die Kiefer des Soldaten, und sein Blick verfinsterte sich zusehends. „Wir ziehen uns zurück und konzentrieren unsere Kräfte anderswo. An der Westfront hakt es, und wir bekommen von dort keinerlei Unterstützung. Dann hat Francois unsere Truppen noch zerfleddert. Die Lage ist trüb." Mit jedem weiteren Wort erbebte die Stimme des ranghohen Militärs heftiger. Er schien kurz davor zu sein, in den Raum zu stürmen und alles kurz und klein zu schlagen.

Doch nicht nur der Oberst war wütend; auch in Jehann stieg die alte, unkontrollierbare Wut hoch. Mit voller Wucht schlug er sich mit der Faust – so stark, wie es seine Schmerzen zuließen – in die flache Hand, verkrampfte seinen Oberkörper und biss sich auf die Lippen. Sollten all die Opfer, die diese Schlacht schon jetzt gefordert hatte, umsonst gewesen sein? Sollte er für nichts und wieder nichts diese Schmerzen erleiden müssen?

Der Oberst setzte währenddessen seine Rede fort: „Wir haben zu viele Männer verloren, als dass wir im Moment diesen Kampf verantwortungsvoll fortführen könnten. Aber auch der anderen Seite geht es nicht besser. Gleichwohl gibt es entscheidendere Gebiete, die wir jetzt militärisch bearbeiten müssen. Deshalb kehren die Rehabilitanden auch nicht hierher, sondern nach Gumbinnen zurück. Von dort aus geht es dann weiter!"

Jehann kannte diese ostpreußische Gegend aus Erzählungen. Wäre kein Krieg, könnte man die Landschaft dort wohl als wunderschön bezeichnen. Aber es war nicht die Zeit für Träumereien. Sein Blut kochte immer noch wie wild, und vor einigen Jahren wäre daraus mit Sicherheit ein Tobsuchtsanfall entstanden, wie er sie auch früher auf dem Hof seines Ziehvaters Hermann Alster bekommen hatte.

Sosehr Jehann auch innerlich tobte, sosehr wurde ihm jetzt mit voller Klarheit bewusst, was der Oberst gerade gesagt hatte. Er sprach von „Heimaturlaub". Das würde bedeuten, dass er Janne wiedersehen könnte. Das würde bedeuten, dass er in seine geliebte Heimat zumindest für ein paar Tage zurückkehren könnte. Aber es würde aller Wahrscheinlichkeit nach auch einen weiteren Abschied bedeuten. Und dann müsste er mit seinen Schmerzen reisen, was sicher auch nicht leicht war. Würde er es überhaupt lebendig in sein Heimatdorf Wrohm schaffen? Er war zwischen vielen Gefühlen hin- und hergerissen. In dem einen Moment noch Krieg und Angst ums Überleben, im nächsten Moment hätte er vor verzweifelter Freude weinen können. Sehnsucht hieß wohl das Gefühl, das ihn in diesem Moment packte.

Währenddessen in Sarajevo

„Isivic, du bist ein Prachtkerl", Stefan schlug seinem Kameraden Joran auf die Schulter.

„Nun wäre ich den Deutschen doch gern zur Hilfe gekommen", Joran verzog enttäuscht das Gesicht.

Gerade hatten sie von ihrem Oberst erfahren, dass die Schlacht um Stallupönen geschlagen war und sie nicht mehr eingreifen mussten. Sosehr sich Joran auch vor den feuergewaltigen Waffen fürchtete, die ringsumher standen, sosehr hätte er jetzt doch gern seine Tapferkeit unter Beweis gestellt. Er war nur gespannt, welches Ziel als Nächstes ausgegeben wurde.

Zur gleichen Zeit in Wrohm

Otto Schmidt bat gerade seinen für diesen Tag letzten Patienten in den Behandlungsraum. Es war Hermann Struwe, der sich seinen Rücken bei der Feldarbeit verrenkt hatte. Der Arzt verabreichte ihm eine selbst hergestellte Salbe und gab sein Bestes, den bereits 65 Jahre alten Bauern mit ein paar gekonnten Handgriffen wieder bewegungs- und arbeitsfähig zu machen. Unter vernehmbarem Stöhnen verließ dieser das Behandlungszimmer. Otto Schmidt konnte sich nicht vorstellen, dass der Bauer noch lange würde arbeiten können. Hoffentlich hatte er eine Familie, die sich um ihn kümmern konnte.

Otto Schmidt kannte diese Fälle. Manche Menschen arbeiteten bis zum Umfallen. Der Arzt war einer der wenigen verbliebenen Anhänger der Leibeigenschaft, obgleich diese bereits seit einhundert Jahren abgeschafft war. Doch zu der Zeit hatten die Landwirte zumindest noch ihre Herren, die sich um sie kümmern konnten, nachdem die Bauern ein Leben lang ihren Fron geleistet hatten. Ihm war sehr wohl bewusst, dass er gerade im stolzen Dithmarschen, wo man sprichwörtlich keinen Herren über sich und keinen Knecht unter sich hatte, mit dieser Meinung sehr alleinstand. Das mochte wohl auch an seinem Vater gelegen haben, der 15 Jahre vor seiner Geburt aus dem tief katholischen Rheinland in den Norden gekommen war. Mediziner hatte man hier gesucht, Mediziner für Tier und Mensch. Aber das war jetzt schon lange her. Für heute hatte er genug.

Otto Schmidt schloss seine Praxistür ab und machte sich auf den Weg zu seinem Freund, dem Pastor Ole Jöns. Karten spielen wollten sie heute gemeinsam mit dem Schulleiter und seiner Frau. Die Schule war dieser Tage fast verwaist, seitdem mittlerweile auch die höheren Jahrgänge zum Militär eingezogen worden waren. Er schloss seine Haustür und trat in die deutlich kühler gewordene Abendluft. Diese Tür ließ sich ganz leicht schließen. Sie würde auch noch geschlossen sein, wenn er in einigen Stunden wiederkehrte. Da war er sich sicher. Er quittierte diesen Gedanken mit einem leichten Lächeln.

Der Pastor erwartete ihn bereits: „Otto, herzlich willkommen. Wir hatten ja schon lange nicht mehr das Vergnügen."

„Es tut mir auch leid, dass die Karten so lange ruhen mussten. Aber seitdem der Krieg im Gange ist, werden mir schon die ersten Verwundeten geschickt, und damit nicht genug. Die alten Leute müssen wieder verstärkt an die Stall- und Feldarbeit ran. Das können viele kaum verkraften. Vor ein paar Tagen waren ein paar Männer bei mir, Jungs im besten Alter, die unbedingt eine Bescheinigung von mir wollten, dass sie nicht für den Kriegsdienst taugen. So etwas darf es doch nun wirklich nicht geben."

„Ach, was es nicht alles nicht geben dürfte. Die Zahl meiner Beerdigungen ist auch angestiegen", stimmte der alte Pastor in das Wehklagen mit ein. „Aber was beklagen wir uns? Die Menschen konnten sich noch nie vertragen. Davon berichtet schließlich bereits die Bibel."

Nach dieser Bemerkung traten auch der Schulleiter und seine Frau in das Pastorat ein. Es wurden zwei Flaschen Wein und ein halber Laib Käse mit sehr dünnem Brot aufgetischt. Otto Schmidt gewann fast jedes Spiel. Er schien seine Überlegenheit richtig zu genießen. Die anderen Gäste hielten ihm spaßeshalber Schummelei vor, zahlten aber ihren Einsatz in Höhe von ein paar Pfennigen anstandslos. Es wurde gelacht, über den Krieg philosophiert, und die Frau des Schulleiters bat den Arzt um eine möglichst wirksame Rheumasalbe. Nach fast drei Stunden Spiel und Plauderei machten sich die Gäste wieder auf den Weg. Der Pastor wartete ab, bis das Lehrerpaar und der Mediziner außer Sichtweite waren. Dann trat auch er auf die Straße, um seinen allabendlichen Spaziergang zu beginnen.

16. August 1914, Sarajevo

Joran und seine Division hatten mittlerweile neue Instruktionen erhalten. Tatsächlich bewahrheiteten sich die Gerüchte, nach Gumbinnen sollten sie vorrücken, um die österreich-ungarischen Truppen sowie die des deutschen Kaiserreichs zu unterstützen. Joran wurde fast schlecht vor Aufregung. Es würde jetzt nicht mehr lange dauern, bis er den ersten Menschen in seinem Leben würde töten müssen. Als er weiter nachdachte, wurde ihm bewusst, dass er gemeinsam mit Dr. Joric wahrscheinlich schon zahlreiche Menschen umgebracht hatte, obwohl diese noch nicht einmal geboren waren. „Was ist das nur für eine Welt?", fragte sich Joran.

Aber in diesem Moment erklang auch schon die Stimme des Obersts, die eine erneute Aufstellung befahl. Morgen würde es also losgehen.

„Gumbinnen, weit konnte es nicht entfernt sein. Man ist wahrscheinlich in einigen Stunden dort", dachte sich Joran. „Nur, was wird dann kommen? Sind die Feinde schon aufmarschiert, und werden wir sofort das Feuer erwidern müssen?" Er kannte zwar aus den Übungen den ungefähren Ablauf. Doch so schwer wie in diesem Moment war ihm sein Gewehr noch nie vorgekommen.

Joran schlief in dieser kurzen Nacht extrem schlecht. Immer wieder stellte er sich vor, wie Waffen auf ihn gerichtet waren und er andere Leute massakrierte. Er, Joran, würde in Kürze Männern das Leben nehmen, die Bruder, Vater, Sohn oder

Freund anderer Menschen waren, und er würde nie erfahren, wer um diese Leute trauerte. Wieviel Blut konnte die Erde eigentlich aufnehmen? Sie musste doch auch schon den Regen in sich tragen. Würde vielleicht irgendwann ein Fluss aus Blut aus der Erde treten, wenn die Weltkugel damit überfüllt war? Waren das Träume oder war das seine Fantasie? Wieder versuchte sich Joran abzulenken und noch ein wenig zu schlafen. In einem letzten Traum kam es ihm so vor, als ob Kinder zu ihm sprachen, Kinder mit schwarz verbrannten Gesichtern.

Doch als die Stimme des Befehlshabers erklang, war keine Zeit mehr, um darüber nachzudenken. Schnell war er in seine Kleider geschlüpft und an den bereitstehenden Zug herangetreten. Rings umher standen schon seine Kameraden in Reih und Glied.

Nach einem grellen Pfiff und einigem Knarren öffneten sich die Türen des Zuges. Joran und die anderen Soldaten traten über die Schwelle in den Zug. Schnell merkten sie, dass es angesichts der Truppenstärke sehr eng werden würde. Allerdings erwarteten sie auch keine lange Fahrt. Mit vor der Brust verschränkten Armen stand Joran mit dem Rücken zum Zugfenster, als sich die Waggons in Bewegung setzten. Zu seinem großen Erstaunen und voller Freude meinte Joran, in einer dicht gedrängten

Gruppe auf der anderen Seite des Waggons seinen Kameraden Stefan zu erblicken. Zum Glück würden sie gemeinsam kämpfen! Joran hatte schon Angst gehabt, seinen momentan wohl einzigen Freund in den Wirren des Krieges aus den Augen zu verlieren. Als er jedoch dessen Namen laut ausrief, verlor sich seine Stimme in dem Getöse des Zuges und dem von überall her schallenden Gemurmel. Durch das gegenüberliegende Fenster sah Joran schemenhaft Wälder, Bäche und grüne Wiesen vorbeiziehen. Eine Mühle war an den Fluss dort draußen gebaut, die wohl gerade dabei war, die klägliche Ernte des Sommers weiterzuverarbeiten. Es sah hier so ähnlich aus wie in seinem Heimatdorf Godinja, welches es wegen der Seuche, die auch ihn fortgetrieben hatte, sicher nicht mehr gab. Joran spürte einen Kloß im Hals, als sich die Bilder mit Erinnerungen zu verknüpfen begannen.

Stefan ging es sicher ähnlich. Er war in Sarajevo aufgewachsen. Doch hatte sein Vater ihn vor zwei Jahren aus dem Haus geworfen. Er sei zu nichts zu gebrauchen, und entweder er würde das Militär überleben oder dort sein Ende finden. Das Militär, so war es die Meinung von Stefans Vater, würde ihn schon lebenstüchtig machen.

Joran mochte ihn. Stefan erinnerte ihn an seinen älteren Bruder Alexander, der jetzt auch schon seit fast einem halben Jahr nicht mehr lebte. Nicht auszudenken, wenn es auch Stefan treffen würde.

Kapitel 4 - Ohnmacht und Freude

17. August 1914, Wrohm

An die allmorgendlich offen stehende Eingangstür hatte sich Janne mittlerweile gewöhnt. Dass aber seit zwei Tagen morgens auch ihr Unterrock beim Aufwachen halb heruntergezogen war, jagte ihr einen eiskalten Schauer über den Rücken. Das kannte sie nicht. Sie schlief eigentlich immer sehr ruhig, wenn der Herr im Himmel sie ließ. Peter Jensen erzählte sie natürlich nichts davon. Tief im Innern kamen abermals Gedanken an die Zeit bei ihrem Vater hoch. Die Vergewaltigung an der Eider durch den Dorfpolizisten Hans Meier war ihr wieder sehr gegenwärtig. Alle Bilder, alle Ängste, alle Scham waren auf einmal wieder da. Es war jedoch niemand bei ihr, mit dem sie diese Gedanken hätte teilen können. Jehann hatte sie damals gegen den Dorfpolizisten verteidigt und ihn wohl ungewollt getötet. Darum hatten sie Hals über Kopf nach Hamburg aufbrechen müssen. Sie hoffte nur, dass sich ihre düsteren Gedanken schnell wieder verflüchtigen würden und keine erneute Flucht nötig sein würde. Wohin hätte sie jetzt auch fliehen sollen, und mit wem? Nein, soweit wollte sie jetzt noch nicht denken, warum auch? Schließlich schlief man nicht immer gleich ruhig; und wenn jemand zu ihr gekommen wäre, hätte sie es doch hören müssen? Sie wäre doch mit Sicherheit wach geworden? Sie beruhigte sich etwas, als sie feststellte, dass sie wohl letzte Nacht die Schnüre an ihrem Gewand nicht richtig zusammengebunden hatte. Diese Erkenntnis entspannte sie. Doch warum stand diese verdammte Tür morgens immer offen, obwohl sie am Abend noch fest verschlossen war? Sie konnte sich keinen Reim darauf machen.

Jetzt galt es erst mal, mit Peter Jensen die Tiere zu füttern und zu melken. Janne fand zunehmend Gefallen daran, wenn die weiße Flüssigkeit aus den Eutern der Kühe strömte und nach einmaligem Aufkochen als schmackhaftes Nahrungsmittel verwendet werden konnte. Ihr Vater und sie hatten früher keine Kühe gehabt. Sie hatten lediglich bei anderen Landwirten geholfen, wenn es galt, die Tiere von einer Koppel zur anderen zu treiben oder sie zu füttern, wenn einer der Bauern krank war. Daher kannte sich Janne mit der täglichen Stallarbeit aus. Allein auf einem so großen Hof wie dem von Hermann Alster zu arbeiten und dabei lediglich die

Hilfe eines wirklich schon sehr in die Jahre gekommenen Nachbarn in Anspruch zu nehmen, war freilich etwas anderes.

18. August 1914, Lazarett bei Stallupönen

Die Schmerzen in Jehanns Armen und das Dröhnen in seinem Kopf hatten merklich nachgelassen. Nach den neuesten Informationen, die ihm von Oberst Lenz mitgeteilt worden waren, sollte er mit nur wenigen anderen Soldaten unter Führung von eben jenem Oberst die Heimreise antreten und dabei eine Gruppe von zehn russischen Kriegsgefangenen mitnehmen. Die russische Armee hatte ihrerseits etwa dreißig deutsche Soldaten gefangen genommen. An einen Handel, der die Freiheit aller Männer bedeuten würde, dachte in diesem Moment niemand. Dafür standen zu viele Arbeiten an, für die billige Arbeitskräfte gerade gut zu gebrauchen waren. Es war geplant, die russischen Soldaten im Straßenbau einzusetzen. Dazu würde es auch gehören, einige Moore trockenzulegen. So etwas sollten sie aus ihrer Heimat bereits kennen. Jehann hoffte nur, dass er genügend Zeit mit Janne verbringen konnte. Sie musste sich bestimmt schrecklich fühlen, so ganz allein auf dem großen Hof. Aber wie er sie kannte, würde sie schon zurechtkommen.

Jehanns Aufregung stieg von Minute zu Minute an. Die Abfahrt war in drei Tagen geplant. Lisa, so war der Name der netten Krankenschwester, hatte alle Hände voll zu tun. Nachdem sie am Morgen wieder ins Lazarett gekommen war, musste sie mitansehen, wie drei weitere Kameraden Jehanns ihren Verletzungen erlagen. Wundstarrkrampf war die einfache, wie schreckliche Antwort, die in dem Krankensaal die Runde machte. In diesem Moment war Jehann umso mehr erleichtert, dass seine Verletzungen abzuklingen schienen. Sie taten kaum noch weh. Zudem war ihm kalt, also auch kein Zeichen für Fieber. Dass man bei Fieber sehr wohl Schüttelfrost haben konnte, verdrängte Jehann einfach aus seinen Überlegungen. Es waren jetzt deutlich weniger Betten im Saal. Das Lazarett schien aufgelöst zu werden. Scheinbar wollte man kein weiteres Blutvergießen an diesem Ort mehr riskieren. Diese Gewissheit war gerade in Jehanns Bewusstsein eingedrungen, da öffnete sich die Tür, und die so hünenhafte wie massige Gestalt von Oberst Lenz füllte den Türrahmen aus. Sogleich hallte seine laute Stimme durch den Saal: „Alster, Behrmann, Schulze und Wulf, Sie kommen mit nach Deutschland, um ein Gefangenenlager einzurichten und sich fernab der Front wieder kriegstüchtig zu machen."

Jehann hoffte nur, dass das Lager in der Nähe seiner Heimat errichtet würde. Was nutzte ihm eine Reise nach Deutschland, bei der er über Berlin nicht hinauskam? Aus den Augenwinkeln sah er, wie drei seiner Kameraden Haltung annahmen und vor dem Oberst hinschritten. Jehann tat es ihnen gleich, um dem wütenden Blick des ranghohen Militärs zuvorzukommen.

„Männer, der Zug steht nur drei Kilometer von hier bereit. Wir werden über Hamburg nach Dithmarschen fahren, um unsere Gefangenen einer wichtigen Arbeit zuzuführen."

Jehann atmete auf. Soviel Glück konnte man doch gar nicht haben! Er würde tatsächlich wieder in seine Heimat reisen dürfen. Vermutlich kamen die anderen Soldaten auch von dort; allerdings waren sie ihm nicht bekannt.

Nach etwa dreißig Minuten war die kleine Gruppe zum bereitstehenden Zug marschiert. Nicht in drei Tagen, sondern schon heute sollte die Fahrt losgehen. Oberst Lenz war viel zu nervös, um noch länger abzuwarten. Das Metall des Zuges glänzte in der Sonne. Vor einem der letzten Waggons standen fünf weitere deutsche Soldaten, die schwer bewaffnet eine Gruppe von zehn russischen Kriegsgefangenen bewachten.

Nacht vom 18. auf den 19. August 1914, Wrohm

„Sie ist schön, so wunderschön. Es ist das erste Mal, dass ich mich tatsächlich in ihr Zimmer traue. Äther ist eine hervorragende Erfindung. Sie schläft und wird sich morgen an nichts mehr erinnern können. Gleich berühre ich sie. Sie weiß es nicht und wird es nie erfahren. Bislang hatte ich mich nur in den Flur getraut. Es ging nicht anders. Aber heute Nacht gehört sie mir. Die Watte jetzt noch drei Sekunden auf ihre Nase gedrückt. Dann wird es gehen. Wache gar nicht erst auf, mein Liebes. Das würde die Sache verkomplizieren. Jetzt atme schön ein."

19. August 1914, Wrohm

So gut wie in der letzten Nacht hatte sie lange nicht geschlafen. Janne war zwar zehn Minuten zu spät aufgewacht, und ihr Mund war so unglaublich trocken – aber ein großes Glas Milch würde dem gleich abhelfen. Ihr Unterrock war heute klebrig. Sie konnte sich das nicht erklären, tat es aber damit ab, dass ihre Monatsblutung verfrüht angefangen hatte.

Jetzt musste es schnell gehen! Sie ahnte geradezu, wie Peter Jensen sich bereits auf den fünfzig Meter langen Weg von seinem Grundstück in den Stall des Alster'schen Anwesens machte. Es war ja gut, dass er ihr half. Aber manchmal war es mit ihm nicht auszuhalten. Er war eben sehr streng, gerade gegenüber Frauen. War das normal bei Männern? Jehann war nie so gewesen! Auch er hatte zwar sein Weltbild, aber das hatte schließlich jeder. Er würde überleben, er würde überleben, er *musste* den Krieg überleben. Sie ballte bei diesen Gedanken die Fäuste fest zusammen.

Auf dem Weg zu ihrer Morgentoilette blickte Janne zur Eingangstür – diese stand an diesem Morgen wie gewöhnlich offen, sie war angelehnt, doch etwas war anders: Der Stuhl, den sie seit einigen Nächten vor dem Schlafengehen vor die Tür rückte, stand fein säuberlich aufgerichtet unverändert davor. Allerdings war der Riegel der Eingangstür abermals nicht ins Schloss geschoben. Hatte sie das vielleicht tatsächlich vergessen?

Doch es war jetzt keine Zeit, über so etwas nachzudenken. Peter Jensen stand tatsächlich schon vor dem Haus. Ein bisschen würde er noch warten müssen, bis sie sich zurechtgemacht hatte. Knappe zehn Minuten später stand sie jedoch gemeinsam mit dem alten Landwirt im Stall.

„Das Schwein ist auch bald mal an der Reihe, sonst wird es zu alt", Peter Jensen schmiss mit einem Grinsen eine Kelle alter Kartoffelschalen in den Trog des Borstenviehs.

„Wie kriegen wir das denn tot?", Janne schauderte es, als sie sich vorstellte, dieses große und fette Tier töten zu müssen.

„Es wird kurz angebunden, und dann nehmen wir einen Hammer und ein Messer." Peter Jensen hatte so etwas sicher schon häufig getan und schien daher sehr routiniert zu sein. Das Schlachten des Schweins nahmen Janne und Peter Jensen sich somit für den kommenden Tag vor. Janne hatte keinerlei Mitleid mit dem Schwein. Es stank und war hässlich. Was ihr zu denken gab, war das ganze Blut, das in diesem Tier pulsierte und sicher eine große Sauerei anrichten würde.

Obwohl Janne sich früh morgens eigentlich ausgeschlafen gefühlt hatte, wurden ihre Glieder und ihr Kopf am Nachmittag schwer. Sie konnte nicht anders, als sich zumindest für einen kleinen Moment in die Stube aufs Sofa zu legen. Sie versuchte, mit aller Macht den Gedanken daran zu vertreiben, dass nur eine gute Woche vorher Lehrer Reimann auf diesem Möbel gestorben war. „Jehann, wo bist du?" Ihr Körper begann, sich zu entspannen, und sie schlief ein. Keine Träume, einfach nur entspannte Ruhe umschloss sie.

Was war das für ein Krach? Ein Getrampel war das und ein Geschrei. Janne wusste zunächst gar nicht, wo sie war. Hatte sie so tief geschlafen? Verdutzt setzte sie sich auf, ihr Blick ging zum Fenster. Es war schon fast dunkel. Wer hatte die Kühe gemolken und gefüttert? Wo war Peter Jensen? Er hätte sie doch bestimmt geweckt. Auf wackligen Beinen ging sie aus der guten Stube und näherte sich durch die Verbindungstür den vor Schmerzen brüllenden Kühen, deren Euter mittlerweile viel zu prall gefüllt waren. Von Peter Jensen war weiterhin keine Spur. Ihr war schwindelig. Trotzdem schaffte sie es mit größter Mühe, die fünf verbliebenen Tiere zu melken, die sich durch Jannes Zutun zunehmend entspannten. Anschließend trat sie vor die Tür. Eine seltsame Stimmung hatte sich ihres Geistes bemächtigt. Es war jetzt still. Nirgendwo im Dorf war auch nur ein Geräusch zu hören. Halt, war das eine Grille? Wie spät war es? Sie hatte die Kirchturmuhr auch noch nicht schlagen hören. „Was war das am Nachmittag?", grübelte Janne. Sie hatte noch nie am Nachmittag geschlafen und wenn doch, dann jedenfalls nicht so lang. Was war bloß los mit ihr? Ihr schauderte es.

Dass Peter Jensen am nächsten Morgen wieder auf sie warten würde, als wäre nichts gewesen, konnte sie in diesem Moment noch nicht wissen.

20. August 1914, Stallupönen, Russland

Jehann saß am Eingang des Waggons, mit dem die Männer Richtung Deutschland aufbrechen wollten, und bewachte die zehn Kriegsgefangenen gemeinsam mit Oberst Lenz und einem Kameraden, der sich mit dem Namen Willi Behrmann vorstellte. Jehann fiel sofort der ungewöhnlich entspannte und freundliche Gesichtsausdruck seines Kameraden Behrmann auf; er lächelte fast!

Sein Gesichtsausdruck wollte zum Wetter passen, das an diesem Morgen die Sonne hell erstrahlen ließ. Jehann schien es so, als wollte der liebe Gott die Männer verspotten. So schönes Wetter in einer so schrecklichen Zeit.

Jehanns Blick fiel auf die russischen Soldaten, die vermutlich genauso alt wie er und Willi waren. Sie machten einen niedergeschlagenen Eindruck, und Jehann meinte, Tränen in ihren Augen zu erblicken, als sich der Zug schließlich in Bewegung setzte und Richtung Deutschland rollte. Die meisten von ihnen hielten den Blick starr zum Boden gewandt und schwiegen. Die Fahrzeit würde vermutlich 15 Stunden betragen, wie ihnen Oberst Lenz eröffnete, das sei weit genug entfernt, um jeden Befreiungsversuch von vornherein als unmöglich erscheinen zu lassen. Jehann konnte sich indes nicht vorstellen, im Falle des Ungehorsams dieser zehn Männer auf sie zu schießen. Und was hätten sie auch anstellen sollen?! Die Waggontüren waren fest verschlossen, und jedem musste klar sein, dass ein Fluchtversuch das Leben kosten würde.

Nach einigen Minuten stand Oberst Lenz auf und versuchte mit wüsten Beschimpfungen herauszufinden, ob es in der Gruppe jemanden gab, der zumindest etwas Deutsch verstand. Die Gefangenen versuchten jedoch mit aller Macht, stumm zu bleiben. Da packte Oberst Lenz den kleinsten der russischen Soldaten im Genick und drohte damit, ihn zu erschießen, wenn sich nicht augenblicklich jemand zu erkennen gab, der Deutsch sprach.

Jehann erschrak ob der Methoden, die der Leiter dieser Operation anwandte.

„Ihr seid zehn Männer. Es ist äußerst unwahrscheinlich, dass niemand von euch auch nur ein bisschen Deutsch spricht. Wenn derjenige, der hier als Übersetzer tätig werden kann, sich nicht sofort zu erkennen gibt, stirbt euer kleiner Bruder." In einer von Herablassung triefenden Tonart fuhr er fort: „Den Knall wird er gar nicht mehr hören. Er ist einfach weg. Wir werfen ihn dann in Brandenburg aus dem Zug. Dort können sich die Wölfe mit ihm abgeben."

Jehann biss die Zähne zusammen. Diese Jungs waren ganz gewiss nicht freiwillig in diesen Krieg gezogen. Doch den Oberst in diesem Moment zu kritisieren, wäre gefährlich gewesen, das wusste Jehann sehr wohl. Darum hoffte er inständig, dass sich endlich jemand als der deutschen Sprache mächtig zu erkennen gab. Ein kleiner stämmiger Soldat, der dem Treiben bislang mit ausdrucksloser Miene zugesehen hatte, hob die Hand und setzte an, langsam und mit deutlichem Dialekt zu sprechen: „Ich habe eine deutsche Mutter. Lassen Sie ihn in Ruhe. Ich kann übersetzen."

Betont langsam und mit deutlicher Skepsis gegenüber der angedeuteten Hilfsbereitschaft ließ

Oberst Lenz sein Gewehr sinken: „Wenn hier irgendetwas schiefgeht, ist dein kleiner Kamerad tot. Eine Warnung gibt es dann nicht mehr."

Dem Mienenspiel des Übersetzers war anzusehen, dass er die Drohung von Oberst Lenz verstanden hatte. Auf Nachfrage des Befehlshabers gab er sich als Piotr zu erkennen und wurde fortan mit Peter angesprochen.

„Und nun erzähle den anderen, dass wir nach Norddeutschland fahren, um dort zwischen ein paar Dörfern Straßenbauarbeiten zu verrichten."

Piotr setzte zu einem Monolog in russischer Sprache an, der mutmaßlich die Botschaft von Oberst Lenz enthielt. Anschließend war es wieder still. Der Zug rumpelte durch eine weite Landschaft mit kargem Bewuchs und nichts als Sand am Horizont. Dann waren wieder Streifen mit sattem Grün zu erkennen, danach wieder nichts als Weite.

Nach einer Weile wandte sich Oberst Lenz an Jehann: „Ich trete für eine Weile ab. Du wirst hier die Männer im Griff behalten. Wer nicht spurt, wird Wolfsfutter. Peter wird dir helfen."

Jehann erschrak. Jetzt war es an ihm, im Fall der Fälle tödliche Gewalt anzuwenden. Wenn er es nicht tun würde, wäre er selbst dran. Noch vor gut einem Monat hatte er auf seine Hinrichtung in Hamburg gewartet, als er verdächtigt wurde, den Seemann Jan und die jungen Männer, die im Maschinenraum seines Kutters gefunden worden waren, böswillig getötet zu haben. Nur der Krieg – so merkwürdig es klang – hatte ihm das Leben gerettet. Denn hätten sie nicht so gut trainierte Männer für den Einsatz gebraucht, wäre er jetzt tot. Jedenfalls wollte Jehann sein neu gewonnenes Leben nicht aufs Spiel setzen.

Kaum war Oberst Lenz entschwunden, entstand ein Gemurmel unter den Russen.

„Die Männer wollen essen und austreten", übermittelte Peter die Anliegen der Gefangenen an Jehann.

„Essen werden wir erst nach Ankunft. Wer austreten möchte, muss an dem Oberst vorbei in den übernächsten Wagen", Jehann hatte diese Informationen neben einigen anderen Details von Oberst Lenz erhalten, bevor er sich im Nachbarwagen niedergelassen hatte. Nachdem Peter übersetzte, machten sich sogleich drei Männer auf den Weg. Jehann pfiff auf den Fingern und befahl, dass nur immer ein Mann zurzeit austreten dürfe. Dabei hob Jehann sein Gewehr leicht an. Daraufhin machte sich der schmächtigste der drei Männer auf den Weg, während die anderen zwei warteten. Nach etwa zehn Minuten war die Reihe der Gefangenen wieder komplett. Erleichtert ließ Jehann seine Waffe sinken.

Peter wandte sich wieder an Jehann und stammelte unsicher: „Wissen Sie, bei uns in Russland gibt es einen Märchenerzähler, er heißt Afanassjew."

Jehann legte den Kopf schief. Ihm war langweilig, darum hatte er nichts gegen harmlose Konversation. Um seine Autorität zu wahren, legte er die Stirn in Falten und erwiderte: „Na und?"

Leise fuhr Peter fort: „Afanassjew hat ein Märchen mit dem Titel ‚Brüderchen und Schwesterchen' geschrieben. In diesem Märchen trinkt das Brüderchen aus einem Hufabdruck Wasser und wird zur Strafe von einer Hexe in eine Ziege verwandelt. Es war nämlich ihr Pferd, das diesen Abdruck hinterlassen hatte. Das Schwesterchen heiratet hingegen und wird glücklich. Das Brüderchen wird erst durch den Tod der Hexe erlöst. Ich frage mich manchmal, ob Russland das Brüderchen, also die hässliche Ziege, ist. Die Frage ist nur, wer ist die Babajaga, also die Hexe?"

Jehanns Gesichtszüge entspannten sich. Der junge Soldat hatte eine interessante Frage aufgeworfen – eine Frage, die er nicht beantworten konnte. Wer steckte hinter alledem? Warum mussten seine Kameraden und er auf andere Soldaten schießen, die sich diesen Krieg genauso wenig wünschten? Und wer musste verschwinden, damit es aufhört? Wer war also die Hexe?

Seine Ohren rauschten, und er spannte seine Muskeln aufs Neue an. Ihm durfte jetzt kein Fehler unterlaufen. Nach wie vor konnte es notwendig sein, dass er Peter oder einen der anderen Soldaten würde erschießen müssen. Wenn er es nicht tat, stand er schnell wieder selbst mit dem Rücken zur Wand. Das musste er vermeiden. So brachte er sein Gewehr erneut in Anschlag und versuchte, trotz seiner Erschöpfung grimmig dreinzublicken. Hexen, Ziegen, was sollte das alles?! Es ging hier um das eigene Volk! Da durfte man sich keine Sentimentalitäten erlauben! Es wäre schon fast ein Todesurteil, würde Oberst Lenz solche Gespräche mit anhören. Bald würde er, Jehann, wieder in der geliebten Heimat sein. Würde das jedoch etwas ändern? Auch dort würde er wohl bei der Truppe bleiben müssen und nur mit sehr viel Glück ein paar unbeschwerte Stunden mit Janne haben können. Bei diesen Gedanken sank ihm der Mut. Wie lang dieser Krieg wohl noch dauern würde? Es war nicht wirklich abzusehen, und wer würde ihn gewinnen? Auch da war sich Jehann nicht mehr sicher.

In diesem Moment öffnete sich die Waggontür, und Oberst Lenz betrat das Abteil. „Alster, Sie haben gut aufgepasst? Ich sehe, die Russen sind vollzählig. Dann ist alles in Ordnung. Wir werden in zehn Stunden an unserem Ziel ankommen. In Hamburg werden wir noch einmal den Zug wechseln müssen. Dort kann es also noch mal zu Zwischenfällen kommen."

Jehann fröstelte es. Bis er in seiner geliebten Heimat war, konnte durchaus noch Blut fließen. Die Gefangenen waren vorschriftsgemäß entwaffnet worden, und auf unbewaffnete Soldaten schoss man für gewöhnlich nicht. Aber was war schon gewöhnlich in dieser Zeit?

Vor seinem inneren Auge sah Jehann sich wieder im Gefängnis und hörte den Aufseher die Worte sagen: „Dein Kopf liegt auf der Erde, bevor du ihn vermisst." Diese grausigen Gedanken stiegen neben vielen Sorgen das erste Mal seit langem wieder an die Oberfläche. Er dachte darüber nach, was eigentlich in den letzten Monaten seit seiner Flucht mit Janne geschehen war. Er *musste* sie wiedersehen, in Kürze war er ihr so nah wie seit einem guten Monat nicht mehr. Krampfhaft versuchte er, ein Lächeln zu unterdrücken. Hier war nicht der Ort, an dem ein Lächeln auch nur die leiseste Berechtigung hatte.

Zehn Stunden würde es noch dauern, bis sie in Dithmarschen ankamen.

Am selben Tag in Wrohm

Die unmenschlichen Schreie waren nicht mehr auszuhalten. Janne hielt sich mit Gewalt die Ohren zu. Es stank so, dass sie sich kaum auf den Beinen halten konnte. Dann hörte sie einen für ihre in diesem Moment so sensiblen Ohren und angespannten Nerven lauten Schlag, und auf einmal war es wieder ruhig.

Peter Jensen reichte ihr den Hammer zurück und verlangte: „Gib mir mal die Axt rüber. Dann kriegen wir das Schwein nun tot."

Seine Worte rissen Janne aus ihren Gedanken. Fast zitternd reichte sie dem alten Bauern das Schlachtwerkzeug. Mit einem Hieb war das Genick des Tieres durchtrennt.

„Ich nehme das Tier mit und schneide ein paar schöne Stücke Fleisch heraus. Die kannst du dann für den Winter pökeln."

Sosehr Janne in diesem Moment schauderte, sosehr lief ihr beim Gedanken an einen schönen Schinken das Wasser im Munde zusammen. Peter Jensen lud das Tier auf eine Karre und verließ den

Stall in Richtung seines Hofes. Sie war ihm dankbar für diese Hilfe. Er hatte sicher schon viele Tiere geschlachtet und konnte ihr nun helfen, im Winter nicht zu verhungern. Warum er ihr abends zuvor nicht beim Melken geholfen und sie noch nicht einmal geweckt hatte, blieb ihr ein Rätsel. Doch als er am Abend wieder auf dem Hof auftauchte, sollte er ihr eine umwälzende Neuigkeit überbringen.

Am frühen Nachmittag im Zug von Stallupönen

Jehann konnte sich kaum noch wachhalten. Aufmerksam hatte er Oberst Lenz dabei beobachtet, wie er die Gefangenen in Schach hielt. Doch wurde die Luft zunehmend schlechter, und Jehann spürte mit jeder Minute stärker, welchen Belastungen er in den letzten Wochen ausgesetzt gewesen war. Die Augen von Oberst Lenz funkelten hingegen voller Tatendrang und wachem Verstand. Sie mussten jetzt wohl auf der Höhe Berlins sein; zumindest zogen hohe Häuser und Straßenschluchten an den Fenstern vorbei. Die Anspannung fiel mehr und mehr von ihm ab. Nur würde dies kein Dauerzustand sein; in nur wenigen Tagen musste er wieder um sein Leben fürchten oder anderen Männern in seinem Alter das Fürchten lehren.

Jehann hatte sich kaum wieder gesammelt, da hörte er ein Kreischen, spürte, wie der Zug abbremste, merkte das Wackeln des Waggons und sah die Furcht in den Augen der anderen. Der Fluch von Oberst Lenz folgte prompt „Verdammt noch mal, was ist das für eine Scheiße? Alster, Schulze, Sie passen hier auf. Ich schaue nach, was los ist!" Mit vor Wut hochrotem Kopf stürmte Oberst Lenz aus dem Abteil und versuchte, Kontakt mit dem Lokführer aufzunehmen. Jehann und sein Kamerad, der sich als Erwin Schulze vorstellte, nahmen sofort Haltung an. Die Müdigkeit war wie verflogen, nein, hatte verfliegen müssen. Voll innerlicher Abscheu griff Jehann erneut zu seinem Gewehr. Jetzt schien die Heimfahrt doch noch länger zu dauern, vielleicht wurde sie sogar gänzlich gestoppt. Was war da los? Aus dem Fenster war nichts zu erkennen.

Auch die russischen Soldaten blickten angsterfüllt und murmelten untereinander. Oberst Lenz war dem Blickfeld der zurückgebliebenen Männer vollends entschwunden. Peter wandte sich an Jehann und fragte im Namen seiner Kameraden nach der Situation, doch mehr als die Aussage, man müsse abwarten, welche Fakten Oberst Lenz herausfinden würde, konnte Jehann ihm auch nicht übermitteln; die unbefriedigende Antwort übersetzte er nun ins Russische. Jehann ballte die Fäuste, versuchte jedoch gleichzeitig, sich nichts von seiner Angespanntheit anmerken zu lassen. Er bebte innerlich und fürchtete um sein Wiedersehen mit Janne. Sein Kamerad Schulze wirkte irgendwie abwesend; auch Jehann konnte nicht verhindern, dass seine Gedanken aus dem Waggon hinausglitten.

Ein Knall riss die Männer wieder in die Realität zurück. Zeitgleich nahm Jehann den Geruch von Rauch und Schwefel wahr. Er umklammerte sein Gewehr noch fester. Er hielt es nicht mehr aus und schrie: „Schulze, kannst du etwas erkennen?"

„Da hinten ist man mit Schaufeln zugange. Was sie genau tun, sehe ich aber auch nicht."

In diesem Moment flog die Tür des Waggons auf, und Oberst Lenz stampfte schnaufend ins Abteil: „Saboteure, elendige Saboteure! Die Schienen haben sie weggesprengt und ein tiefes Loch gegraben. Wir brauchen jetzt jede helfende Hand. Ihr alle packt mit an, das Loch zu schließen und das Gleis wiedereinzusetzen. Ich hoffe, es taugt noch was. Schaufeln gibt es vorne an der Lokomotive. Sie sind zwar schwarz von der Kohle, aber das stört uns nicht. Und wer einen Fluchtversuch unternimmt, stirbt auf der Stelle!"

Jehann bemerkte, welche Verzweiflung aus den Worten des Befehlshabers sprach. Und er erkannte, dass dieser in genau demselben Boot saß – wurde er seiner Verantwortung nicht gerecht, wäre er genauso dran wie ein flüchtiger Gefangener. Darum unterstützte er den Oberst mit den Worten: „Wer von euch Kameraden den Schussbefehl bei Fluchtversuch verweigert, wird auch gar nicht erst an die Wand gestellt. Ihr seid dann auch ohne Vorwarnung dran."

Peter übersetzte scheinbar wahrheitsgetreu die Befehle von Oberst Lenz. Zumindest packten die Kriegsgefangenen genau wie Jehann, Willi Behrmann, Erwin Schulze und die anderen Soldaten mit an und arbeiteten gemeinsam nach Leibeskräften daran, die Strecke wieder befahrbar zu machen. Drei Stunden voll harter, körperlicher Arbeit später war das Erdloch wieder aufgefüllt und die aus dem Gleisbett entfernte Schiene von neuem auf die Strecke gelegt. Verdreckt und vollkommen erschöpft bestiegen die Soldaten wieder den Waggon. Oberst Lenz besprach mit dem Lokomotivführer, ob man es wagen solle, die notdürftig geflickte Strecke zu befahren; dieser stimmte aus Mangel an Alternativen dem Unterfangen zu. Aus dem Inneren des Waggons vernahmen die Mannen, wie der Lokomotivführer – selbst ein Leutnant der Streitkräfte – und seine Helfer den Kessel der Dampfmaschine von neuem anheizten. Jehann krampfte sich der Magen zusammen, aus seiner Sicht schien es eine Ewigkeit zu dauern, bis er von draußen den Befehl zur Weiterfahrt vernahm. Und trotzdem vergingen gefühlt Stunden, bis sich der Zug mit dem ersten Ruckeln endlich in Bewegung setzte.

Jehann hielt sein Gewehr fest umklammert, obwohl in diesem Moment Oberst Lenz erneut die Befehlsgewalt und Verantwortung innehatte. Es schien ihm, als ob die russischen Gefangenen noch blasser und verschüchterter dreinblickten als zuvor. Die Ausdünstungen der schwitzenden und verdreckten Männer machten die Luft im Wagen unerträglich stickig. Nach weiteren Minuten – es mögen zehn gewesen sein – hatte der Zug wieder einen gleichmäßigen Rhythmus aufgenommen, und die Männer konnten abermals eine urbane Kulisse an den Fenstern vorbeiziehen sehen. Jehann wurde wieder etwas leichter ums Herz, wenngleich ihn eine düstere Ahnung quälte.

Währenddessen in Wrohm

Peter Jensen war gerade wieder auf seinen Hof zurückgekehrt und hatte Janne nach dem abendlichen Melken mit einer Botschaft zurückgelassen, die sie zwischen Freude und schierer Angst hin und her taumeln ließ. Er hatte im Krog vernommen, dass einige Soldaten mit Kriegsgefangenen aus Russland zurückkehren würden, um Flächen trockenzulegen und eine Straße zwischen Wrohm und dem zehn Kilometer entfernt gelegenen Albersdorf zu errichten. Wie der alte Landwirt aufschnappte, sollte wohl auch Jehann dabei sein – allerdings fügte er hinzu, er wisse nicht, in wie viel Teilen er nach Wrohm zurückkäme, dass es auf der Strecke viele Wölfe gäbe und der Pastor wohl auch schon eine Grube ausheben ließ. Dabei ließ der Alte sein bei Janne mittlerweile so verhasstes heiseres Lachen ertönen. Nie konnte sie sagen, ob er eine Äußerung ernst meinte oder nur seinen makabren Humor zur Schau stellte.

Wenn alles gut lief, würde sie Jehann bald wiedersehen! Und wenn nicht alles gut lief… nein, daran wollte sie noch gar nicht denken. „Jehann muss wiederkommen, muss lebendig wiederkommen, darf nicht sterben!", wie ein Mantra betete sie sich diese Worte immer wieder vor.

Wie würde die Nacht wohl wieder werden? Es waren jetzt nur noch ein paar Stunden, bis sie wieder schlafen gehen musste. Auf sie wartete eine Nacht – eine Nacht voller Angst, voller Ungewissheit und voll zermürbender Gedanken. Was würde sie tun, wenn sie die schreckliche Gewissheit ereilte und die Kirchenglocken nachmittags wieder in einem fort schlugen, weil eine Beerdigung stattfand, *seine* Beerdigung? Sie rang die Hände, schluchzte leise vor sich hin und schmiegte sich jetzt an den Stoff des Sofas, auf dem nur wenige Tage vorher ein anderes Leben zu Ende gegangen war: „Ich will nicht daran denken, ich will nicht daran denken, ich darf nicht daran denken!" Auch dieses Mantra beherrschte einige Minuten ihre Gedanken. Ihr Herz wurde schwer, ihre Augen konnten die Tränen kaum noch zurückhalten, die in jenem Moment herausfließen wollten.

Vielleicht hatte Dr. Schmidt ein offenes Ohr für sie. Morgen würde sie zu ihm gehen, um ihm ihr Herz auszuschütten, denn heute Abend würde sie ihn vermutlich nicht mehr antreffen. So leichtfertig wie damals noch im Krog, als sie ihm von der offen stehenden Eingangstür berichtet hatte, würde er ihre Ängste gewiss nicht mehr abweisen. Doch zwischen einer beruhigenden Begegnung mit dem Arzt und der Gegenwart lag schließlich weiterhin die lange, zermürbende Nacht, die sicher auch wieder die geheimnisvoll offen stehende Tür als deprimierenden Abschluss mit sich bringen würde. Es würde wieder eine Nacht sein, in der sich Janne um Jehann sorgen musste. Und nach den Äußerungen Peter Jensens ließen sich die Gedanken nicht mehr ins Positive drehen. Jehann war bestimmt tot, er musste aber überleben, musste es einfach schaffen. Der Pastor hätte schon eine Grube ausheben lassen. Ob sie ihn morgen fragen sollte, für wen? Dann würde sie Gewissheit haben, aber wollte sie das wirklich?

Die Kirchturmuhr hatte gerade sechs Mal geschlagen, es war noch keine Zeit, schlafen zu gehen. Sie würde ohnehin nicht schlafen können. Würde sie überhaupt jemals wieder schlafen können, wenn Jehann tatsächlich etwas passiert war? Sie mochte nicht darüber nachdenken.

Im Zug nach Norddeutschland

Nachdem das Gleis wiederinstandgesetzt worden war, verlief die Fahrt bis kurz vor Hamburg ohne weitere Zwischenfälle. Gleich würden sie umsteigen müssen. Jehann fiel auf, dass einer der Gefangenen besonders blass aussah; er zitterte und an seinem Kinn machte sich ein Ausschlag breit. Auf seine Nachfrage bei Peter erfuhr er, dass es sich um den russischen Obergefreiten mit dem Namen Ivan handelte. Den Gestank, der sich seit der Weiterfahrt im Waggon breitgemacht hatte, nahm Jehann nicht mehr wahr, dennoch hatte sich die Qualität der Atemluft verschlechtert, und die Kopfschmerzen – obgleich sie noch auszuhalten waren – nahmen immer mehr zu. Jehann freute sich unbändig auf die frische Luft, die er in Hamburg beim Zugwechsel zumindest für kurze Zeit zu genießen hoffte.

Derselbe Tag in Gumbinnen, Ostpreußen

Joran war verwirrt. Es schien der obersten Heeresleitung fast egal, wenn diese Provinzen verlorengingen. Was würde geschehen, wenn sich hier eine ähnliche Niederlage ereignete wie in Stallupönen? Noch schien die Lage ruhig, und Joran konnte gemeinsam mit einigen Kameraden einen Schützengraben ausheben. Die Luft war hier so klar, und die Vögel zwitscherten ein frohes Lied. Es war kaum vorstellbar, dass in Kürze diese Gegend mit Toten und Verletzten übersät sein sollte.

„Warum hatte der deutsche Kaiser, dessen Cousin der russische Zar war, diesen Konflikt nicht entschärfen können", dachte Joran bei sich. Früher hatte er sich nie für diese Dinge interessiert. Aber Stefan konnte lesen, und so hatten sie in den letzten Tagen die Zeitungen, die ihnen zwischen den Übungen in die Finger fielen, studiert. Dort berichtete man von der „Einheit aller Slaven" und davon, dass Russland zwar schon groß sei, seinen Einfluss aber erweitern wolle. Wahrscheinlich würden die Russen diese Provinz früher oder später angreifen. Da galt es, für den Verteidigungsfall gewappnet zu sein.

Aber wo war Stefan jetzt? Auch wenn Joran ihn im Zug gesehen hatte – nach der Ankunft hatte er ihn nirgendwo erblicken können. Jetzt galt es aber erst einmal, seine Kameraden und sich selbst zu schützen. Stefan würde schon auf sich aufpassen, da war sich Joran sicher.

Da fiel ein Schuss! Joran zuckte so heftig zusammen, dass er seinen Spaten fallen ließ und selbst sofort umfiel. Das von ihm gegrabene Loch schützte ihn zwar bis zu den Schultern, einen kompletten Schutz bot es allerdings noch nicht. Oberst von Prittwitz hatte ihm und den anderen Männern zuvor eingeschärft, immer auf der Hut zu sein. Joran verstand das Deutsch des Obersts nur bruchstückhaft.

Aus Sarajevo war vom deutschen Kaiserreich lediglich eine Division angefordert worden, der Joran angehörte. Für die komplikationslose Verständigung gab es Übersetzer in den eigenen Reihen. Die Russen waren böse, soviel verstand er. Alles darüber hinaus blieb im Verborgenen, auch Stefan hatte es ihm bislang nicht erklären können.

Aus den Augenwinkeln nahm Joran wahr, wie eine kleine Gruppe russischer Soldaten aus dem naheliegenden Gebüsch stürmte und scheinbar unkontrolliert auf seine Division feuerte. Rasch hatten sich die unter Feuer genommenen Männer jedoch besonnen und erwiderten jetzt ihrerseits die Schüsse. Es waren vielleicht fünf russische Soldaten, die aber durch ihre Schnelligkeit einen überlegenen Eindruck erweckten. Joran sah, wie das Blut aus den Wunden einiger Angreifer quoll. Er schöpfte Hoffnung. Einige sanken im Kugelhagel zu Boden, während zwei es schafften, den Rückzug anzutreten und zu fliehen. Mit einem Blick auf die Körper der Erschossenen wurde Joran klar, dass er hiermit seine Feuertaufe bestanden hatte. Auch er hatte auf die Angreifer gefeuert, ohne lange nachzudenken. Ob jedoch einer von ihnen durch sein Zutun gestorben war, vermochte er nicht zu sagen. Er war nur froh, dass die Situation, vor der er so lange Angst gehabt hatte, jetzt gut überstanden war. Nur wie lange würde der nächste Angriff auf sich warten lassen? Die Russen hatten vermutlich nur testen wollen, wie widerstandsfähig die Truppen waren. „Nun", dachte sich Joran erleichtert, „darauf haben sie jetzt eine Antwort bekommen!"

Völlig erschöpft und ob des plötzlichen Erscheinens der Angreifer erschrocken, machten sich Joran und seine Kameraden schließlich wieder an das Ausheben der Schützengräben.

Da erklang in Jorans Rücken erneut Gefechtsfeuer. Plötzlich schienen die Kanonen von überall auf Jorans Division zu feuern. Ihm wurde schwindelig. Auf einmal zitterte die ganze Erde, und er vermochte kaum, ein Ziel ausfindig zu machen, auf das zu feuern er sich konzentrieren konnte. Verzweifelt warf er sich in den bereits ausgehobenen Schützengraben, dessen Tiefe er unter unmenschlichen Anstrengungen zu vergrößern suchte. Die Schreie Jorans sowie die seiner Kameraden wurden vom ohrenbetäubenden Lärm der Geschütze übertönt. Joran wusste nicht, wie ihm geschah: Fast schien es ihm, als würde er im eigenen Schützengraben verschüttet werden; unaufhaltsam stürzte der Sand von den Wänden; unaufhaltsam breitete sich am Horizont das Feuer aus. Der beißende

Qualm, der sich ringsherum ausdehnte, machte ihm das Atmen schwer. Stechende Schmerzen durchzogen mittlerweile seinen ganzen Körper. So friedvoll und wunderschön diese Gegend bei seiner Ankunft gewesen war, so höllenähnlich erschien sie ihm jetzt. Hoffentlich war Stefan in Sicherheit. Ihm durfte nichts passieren, er musste überleben! Und dabei war nicht einmal sicher, dass er selbst überleben würde; er hatte vollkommen den Überblick verloren. Zitternd kauerte er sich zusammen und hielt seine Waffe still, um niemanden aus Versehen zu erschießen. Er merkte, wie heiß sein Gesicht war. Weinte er etwa? Selbst beim Tod seiner Mutter hatte er keine Träne vergossen. Warum sollte er gerade jetzt damit anfangen? Wieviel Munition konnte man an diesem Ort noch verfeuern?

Nach unendlichen Minuten ebbte der Kugelhagel ab. Seine Ohren schienen taub zu sein. Vorsichtig lugte er hinaus und suchte die Umgebung ab. Oberst von Prittwitz war nirgendwo zu erblicken. Nur ein grelles Pfeifen war zu vernehmen, dann hörte er von fern das Kommando des Obersts, ohne erkennen zu können, woher die Stimme kam: „Wir ziehen uns zurück. Uns wurde der ungefährdete Abmarsch zugesichert. Darum alle angetreten!"

Währenddessen in Wrohm

Gerade hatte Janne sich hingelegt und wartete auf den wohltuenden Schlaf, da stiegen ihr von neuem Tränen in die Augen. Es war ja nicht nur so, dass Jehann ihr fehlte. Sie hatte auch überhaupt keine Idee, wie es ohne ihn weitergehen sollte. Eines stand jedenfalls fest: Ohne ihn würde sie hier nicht bleiben, nicht bleiben *können*. Nur, was dann? Sie spürte physisch, wie die Sorgen um Jehann sie niederdrückten, selbst das Atmen wollte ihr schwerfallen.

Da erklangen auch schon die altbekannten Geräusche „Quirtsch, tock, quirtsch, tock". Sie konnte es nicht fassen. Vielleicht würde sie dieses Haus noch niederbrennen, bevor sie ging, und sie *würde* gehen. Wenn Jehann wirklich tot war, würde sie gehen, *musste* sie gehen. Auch aus diesen Gedanken entspann sich ein Mantra. Doch schließlich legte sich der Schlaf dennoch über sie wie ein warmes Tuch, wie eine tröstende Hand, die sie so sehr begehrte. Die Gestalt an ihrer Kammertür bemerkte sie nicht mehr.

Nur mit Mühe schaffte es Jehann, den russischen Obergefreiten Ivan zu stützen. Er war immer noch genauso blass wie vorher, mit jedem weiteren Schritt schien die Energie mehr aus ihm zu weichen. Jehann war so sehr in seine Gedanken und seine aktuelle Aufgabe vertieft, dass er gar nicht merkte, wie sich eine Hand auf seine Schulter legte. Als er sich umblickte, konnte er es nicht fassen. Wie war das möglich? „Hugo, du hier?"

Jehann hatte ihn seit seiner Verwundung nicht mehr gesehen; er hatte ihn schon tot gewähnt.

„Na, den Kameraden sollte sich mal ein Arzt angucken", bemerkte Hugo Redder mit einem Blick auf Ivan. „Ich bin schon seit zwei Tagen wieder in Hamburg. Muss hier noch einiges regeln, dann geht es wieder nach Berlin. Ich bin jetzt Verbindungsoffizier zur Politik und darf für die Bewilligung der Kriegskredite kämpfen. Auf die Ballerei im Krieg habe ich keine Lust mehr."

Jehann staunte. Hugo Redder schien es wirklich geschafft zu haben. Er war von seiner Sprache her und von seinem Auftreten aber auch wirklich beeindruckend.

„Bethmann-Hollweg wird schon Geld locker machen, damit wir das Vaterland verteidigen können", setzte Hugo schmunzelnd hinzu.

Doch seine Rede wurde jäh von einem Ruf von Oberst Lenz unterbrochen, der mit vier anderen Soldaten und den Gefangenen bereits vor dem Zug nach Dithmarschen stand. Es würde schon dunkel sein, wenn sie dort ankamen. Dort ging es – so viel war jetzt schon sicher – erst mal in die Kaserne nach Heide, wo die Gefangenen ordnungsgemäß unter Arrest gestellt werden würden. Jehann geleitete Ivan zum Waggon; er war froh, als alle Gefangenen in den extra für diesen Zweck bereitgestellten Zug verfrachtet waren. Oberst Lenz nahm demonstrativ wieder am Eingang des Abteils Platz. Ein Pfiff ertönte, und der Zug setzte sich in Bewegung.

Jetzt war es also bald Realität: Jehann sollte seine Heimat tatsächlich wiedersehen! Schon begannen die Ausläufer der Großstadt an den Fenstern des Zuges vorbeizuziehen, die Landschaft deutete auf den Übergang in eine ländlichere Gegend hin.

Jehann wagte kaum, sich dem Gefühl hinzugeben, doch langsam, ganz langsam entspannte er sich erneut. Diese Achterbahn der Gefühle zermürbte ihn. Seine Gedanken schweiften. Seit vier Wochen hatte er keinen Abend mehr außerhalb von Kasernen und notdürftig eingerichteten Lazaretten verbracht, war immer nur mit den Kameraden seiner Kompanie zusammen gewesen. Hatte er da vorhin wirklich Hugo Redder getroffen? Eine Begegnung wie aus einem anderen Leben, einer fernen Realität – einer Welt, in die seine geliebte Janne gehörte. Mittlerweile erschien ihm die Gegenwart wie ein Traum; alles war so unwirklich. Nein, nicht erst jetzt – eigentlich glich sein Leben einem Traum, seit er Janne getroffen hatte. Diese Begegnung damals an der Eider hätte er sich nicht in seiner Fantasie ausdenken können. Und dann lief irgendwie alles aus dem Ruder. Sein Leben war von einem Tag auf den anderen nicht mehr dasselbe gewesen. Als wäre es gestern gewesen – zunächst Alltagstrott auf dem Hof – und plötzlich auf der Flucht – in der Großstadt, in der Fremde, beim Militär… Nun fuhr er also wieder von Hamburg nach Dithmarschen. Ob das bedeuten würde, dass wieder Ruhe in sein Leben einkehrte? Er glaubte nicht daran.

Im Gegensatz zu der Fahrt vor gut vier Wochen waren anstelle der hübschen Janne jetzt fast zwanzig ausgewachsene, müde, hungrige, stinkende und größtenteils niedergeschlagene Männer in seiner

Gesellschaft. Die Nacht zog immer schwärzer herauf. Obwohl es noch Sommer war, zeigten die Tage eine deutlich kürzere Dauer als noch zu der Zeit, wo Jehann Norddeutschland in Richtung Berlin verlassen hatte. Ivan schien mittlerweile zu schlafen. Sein Brustkorb hob und senkte sich kaum merklich. Oberst Lenz war es Recht; so konnte der Russe zumindest nicht fliehen.

Es kam Jehann wie eine Ewigkeit vor, bis die Bahn den Kanal, die Grenze zu Dithmarschen, überquerte. Dieser Kanal war erst knappe zwanzig Jahre vorher fertiggestellt worden. Der Kaiser hatte hierfür wohl eine Menge Geld ausgegeben; so hatte es ihm sein Vater erzählt. Ach ja, Hermann, sein Adoptiv-Vater...

Hätte Jehann doch damals einfach Janne geschnappt und wäre mit ihr weggelaufen. Er wäre einfach mit Janne heimgekommen, hätte bestimmt mit Hermann reden können. Er hätte den Dorfpolizisten nicht erschlagen müssen. Aber der Krieg wäre so oder so gekommen. Daran hätte er nichts ändern können. In was für einer Zeit lebte er? Kriege hatte es immer gegeben, doch war der letzte schon über vierzig Jahre her. Es war durchaus möglich, dass es hätte so friedlich weitergehen können. Aber dafür gab es zu viel Schlechtigkeit auf dieser Welt, zu viel Herrschsucht und zu viel Eigensucht. Das hatte er in seiner Zeit beim Militär und im Hamburger Gefängnis mittlerweile gelernt.

„Wach auf! Wach auf, du Hund!"

Voller Schrecken und Entsetzen erkannte Jehann, wie Oberst Lenz mit einem Gewehrkolben auf Ivan eindrosch, der mittlerweile vollkommen zusammengesunken auf seinem Platz saß. Jehann vernahm ein Stöhnen aus der Kehle des Kriegsgefangenen. Leid tat er ihm. Er würde sich jetzt sicher auch lieber auf seinem Hof um die Tiere und die Bestellung des Feldes kümmern, als hier im Zug einer ungewissen Zukunft entgegenzufahren.

„Er ist wohl besoffen, so wenig wie er reagiert", die Stimme von Oberst Lenz klang wütend.

„Er ist krank, braucht einen Arzt", versuchte Peter den deutschen Militär zu beschwichtigen.

„Ein Genickschuss ist alles, was er braucht", entgegnete der Oberst.

Ohnmächtig und traurig winkte Peter ab, diese Worte übersetzte er nicht. Immerhin ließ Oberst Lenz nun Ivan in Ruhe.

Schließlich kamen die Soldaten in Heide an. Jehann atmete tief durch, als er an die frische Luft trat. Kein Schweröl und kein Schwarzpulver lagen in der Luft. Lediglich die Exkremente von Tieren und der Rauch der Kamine waren weithin zu riechen. Die russischen Kameraden nahmen Ivan jetzt in die Mitte, griffen ihm unter die Arme. Er musste husten, als er die frische Luft einatmete. So machten sich die Männer unter Führung von Oberst Lenz und der Aufsicht der mitgereisten deutschen Soldaten auf den Weg zur Kaserne.

Jehann lauschte – er hörte die Kirchturmuhr elf Mal schlagen. Mittlerweile durchzog nur noch ein schummriges Licht die Stadt. Die Fensterläden waren größtenteils schon hochgeklappt, es war still. Nur aus einigen Gassen heraus waren ein paar Hunde zu vernehmen. Es schien eine sternenlose Nacht zu werden. Der Himmel war durchzogen von dunklen Wolken, Nebel lag in der Luft.

Gemessenen Schrittes marschierte die Truppe zur drei Kilometer entfernt gelegenen Kaserne.

Gumbinnen, Ostpreußen

Joran war wütend. Was war das für eine Truppe, in der er kämpfte? Nicht einmal diesen bösen Russen hielten sie stand! Wie geprügelte Hunde marschierten die verbliebenen Soldaten in Richtung des Zuges, mit dem sie nur einen Tag zuvor angereist waren. Stefan konnte Joran nach wie vor nicht erblicken. Es war die Rede von Gefangenen, die gemacht worden wären – vielleicht war er dabei? Dann würde er jetzt für die Russen arbeiten müssen.

Mit den Fahnen winkten die Deutschen zu Jorans Division hinüber und gaben Zeichen für den unverzüglichen Abzug. Am Wegesrand lagen Trümmer von zerstörten Fahrzeugen, hin und wieder Gliedmaßen oder auch Körper von Soldaten, die in der Unübersichtlichkeit der Schlacht tödlich von Kugeln oder Granaten getroffen worden waren. Joran blickte auf eine zerfetzte Leiche am Wegesrand. Hatte dieser Körper Ähnlichkeit mit Stefan? Er konnte seinen Kameraden und Freund nicht erkennen. Wie sollte es jetzt weitergehen? Abgesehen vom Abzug der Truppen gab es bislang keinen weiteren Befehl.

Halb zwölf abends, Kaserne, Heide, Dithmarschen

Nach einer halben Stunde waren Jehann, seine Kameraden und die russischen Gefangenen in der Kaserne angekommen. Den Häftlingen wurde sogleich ein Stück des Zellentrakts zur Verfügung gestellt, während Jehann, Oberst Lenz und die übrigen Soldaten in einem spartanischen Saal ihr

Quartier fanden. Sie nahmen noch alle gemeinsam eine dünne Suppe mit einem großen Stück Brot zu sich. Dann war Nachtruhe.

Am Abend des 20. Augusts 1914, Wrohm

Langsam öffnete sich die Tür der Kammer, dann ging alles ganz schnell. Mit einem Satz war der nächtliche Besucher an ihrem Bett und drückte ihr rasch die Watte mit dem Medikament aufs Gesicht. Hatte sie kurz ihre Augen geöffnet? Nein, das war gewisslich eine Einbildung. Sie atmete jetzt ruhig, würde erst mal nicht aufwachen. „Bis dahin kann ich mit ihr machen, was ich will. Komm schon, mache es mir nicht so schwer. Es darf halt niemand erfahren, wer ich bin."

Kapitel 5 - Zwei Königskinder

„Es waren zwei Königskinder,
die hatten einander so lieb,
sie konnten beisammen nicht kommen,
das Wasser war viel zu tief."

Am Morgen des 21. Augusts 1914, Wrohm

Die Nacht war ganz entgegen Jannes Erwartungen ruhig und fast erholsam verlaufen. Hatte sie sich gestern Abend noch fast eine Stunde die Augen aus dem Kopf geweint, war sie heute Morgen schon fast optimistisch, was Jehanns Rückkehr betraf. Wäre ihm etwas passiert, so hätte sie doch gewisslich einen Brief bekommen. Und falls die Heeresleitung ihr keine Nachricht zukommen ließ, dann aber doch Hugo; er hatte schließlich auch alle anderen Briefe von Jehann aufgezeichnet. Trotzdem konnte sie es kaum erwarten, bis die morgendliche Routinearbeit erledigt sein würde, so dass sie endlich zu dem netten Dorfarzt gehen konnte, der schon im Krog eine derart beruhigende Wirkung auf sie gehabt hatte. Je mehr sie ihre Gedanken wälzte, desto unruhiger wurde sie von Neuem. Hugo und Jehann hatten sich prächtig verstanden, wie es schien. Allerdings hätte er dann auch schon wieder schreiben können. Andererseits – wer wusste schon, welche Zustände in Russland herrschten? Schnell, wie gefühllos verrichtete sie gemeinsam mit Peter Jensen die Stallarbeit und versuchte, an nichts zu denken, schon gar nicht mit dem alten kauzigen Landwirt zu sprechen, der ihr mit seinen Worten solche Angst machte. Selbst als Peter Jensen ihr ein großes Stück Schinken in die Hand drückte, verzog sie kaum eine Miene. In Salz sollte sie die Leckerei nach der Arbeit einlegen, so ließ er sie wissen. Dass ihre Pläne andere waren, konnte ihr in die Jahre gekommener Helfer schließlich nicht ahnen.

Nach getanem Morgenwerk legte sie den Schinken zunächst in die Küche. Er würde sich schon noch ein wenig halten müssen. Notdürftig bedeckte sie das Fleisch mit einem Teller und schützte es so vor den Fliegen, die es im Stall nach wie vor in rauen Mengen gab, und die auch das Wohnhaus nicht unbehelligt ließen.

Voller Hast bekleidete sie sich zusätzlich mit einem dünnen Tuch und machte sich dann auf den Weg ins Dorf. Von weitem sah sie schon den Pastor vor seinem Haus lehnen und eine Pfeife in der Sonne rauchen. Gut, dann würde sie zunächst zu ihm gehen. Er würde ihr Gewissheit verschaffen, was Jehanns Schicksal betraf. Beim Arzt konnte sie sich dann immer noch Trost holen.

Bereits aus einiger Entfernung rief der Geistliche ihr zu: „Junge Frau, du bist aber früh unterwegs. Welch Gedanken treiben dich schon um diese Zeit aus dem Haus?"

Außer Atem erreichte sie Pastor Jönz und wurde sich erst in diesem Moment gewahr, dass sie gar nicht wusste, wie sie das so wichtige, aber vermutlich schreckliche Thema anfangen sollte. Sie stammelte: „Jehann…, also… ich meine, heute Nachmittag ist doch wieder eine Beerdigung, oder?"

Der Pastor zog an seiner Pfeife und räusperte sich: „Nun, tatsächlich muss ich heute Nachmittag wieder einen jungen Mann begraben."

Janne wurde blass. Hatte sie es doch gewusst! Tränen stiegen ihr in die Augen. Verständnisvoll blickte der kräftige Kirchenmann mit schütterem Haar und einer Brille zu ihr hinunter: „Ein junger Soldat, der zur See fahren sollte, ist bereits bei einem Manöver in der Heimat umgekommen."

Janne hätte jubeln können vor Glück; bekam sich aber noch schnell genug in den Griff, um nicht pietätlos zu erscheinen. Es war nicht Jehann, der an diesem Nachmittag begraben werden sollte, er *konnte* es nicht sein! Bei der Marine war er nicht, und in der Heimat war er auch nicht geblieben. Sie atmete durch.

Um die Mundwinkel des Gottesmannes spielte ein leichtes Lächeln: „Da hattest du vermutlich eine schlimmere Botschaft erwartet. Nun, der Tod eines Menschen ist natürlich nie eine gute Nachricht, und ich weiß noch immer nicht, wie ich der Familie Trost spenden kann. Aber das wird dich nicht betreffen."

Nur mit allergrößter Mühe konnte Janne ihre Freude zügeln. *Jehann lebte!* Dennoch blieb die Frage, ob er nach Hause kommen würde. Auf die merkwürdigen Andeutungen Peter Jensens konnte sie gut verzichten, ihn brauchte sie nicht zu fragen. Aber wer konnte ihr hier Auskunft geben? Verlegen versuchte sie, vom Pastor weitere Informationen zu erhalten: „Kommen die Soldaten denn trotzdem?"

Der alte Pastor schmunzelte; er hatte in seinem langen Leben schon viel gesehen und konnte in Jannes Herzen lesen: „Du meinst, ob Jehann in die Heimat zurückkehrt? Nun, ich habe gehört, dass ein Trupp mit Kriegsgefangenen aus Russland ankommen soll – ob Jehann dabei ist, weiß ich allerdings nicht."

Mit diesen Worten sah Janne ihre Hoffnung schon wieder schwinden, aber auch jetzt war sie gefasst. Nieder-geschlagen machte sie sich auf den Heimweg. Diese ständig wechselnden Gefühle machten sie zunehmend krank. Es war ja nicht nur so, dass sie Jehann vermisste und sich unendlich um ihn sorgte. Sie vermisste auch zunehmend die Zärtlichkeit. Sie schämte sich für diesen Gedanken, und doch war es nicht zu leugnen. Niemand wusste, wie lang ihr Alleinsein noch dauern würde. Robinson Crusoe hatte Jahrzehnte gänzlich ohne menschliche Freunde auf einer Insel verbracht. An seiner Stelle hätte sie sich schon längst das Leben genommen, so unchristlich dieser Gedanke auch war. Vielleicht würde sie es auch tun, bald, sehr bald. Jehanns Vater hatte es schließlich auch getan. Aber was, wenn er *doch* wiederkam und von ihrem Selbstmord erfuhr? Dann würde er sicher auch nicht mehr lange am Leben bleiben, aber sie hätte seinen Tod zu verschulden. Wäre sie am Leben geblieben und hätte auf ihn gewartet, müsste er sich nicht umbringen…

Ganz in Gedanken merkte sie nicht, dass sich ihr der Briefträger näherte. „Moin, junge Frau. Darf ich dir den Brief gleich hier mitgeben? Dann muss ich nicht in diese Straße biegen."

Janne schreckte auf und sah ihm ins Gesicht, dann bejahte sie und streckte die Hand nach dem Papier aus.

„Es ist ein Brief aus Amerika. Eigentlich hättest du ihn abholen müssen. Aber das Postamt ist momentan nicht besetzt."

„Aus Amerika?", Janne war erstaunt und verwirrt zugleich. Sie kannte dort niemanden und konnte selbst noch nicht einmal die dortige Sprache sprechen. Mit zitternden Fingern nahm sie den Brief entgegen; der Kummer war für einen Moment vergessen, und sie freute sich über die plötzliche Ablenkung.

Zeitgleich in der Kaserne von Heide

Ivan schien es an diesem Morgen besser zu gehen, zumindest musste er zunächst nicht mehr gestützt werden, als die Gefangenen vor dem Abmarsch Richtung Wrohm Aufstellung nahmen.

„Endlich wieder nüchtern", war der Kommentar von Oberst Lenz.

Die deutschen Soldaten umrahmten die russischen Gefangenen, so dass keine Flucht möglich war. Auf Befehl des Obersts begann der Abmarsch, kurz nachdem die Kirchturmuhr neun geschlagen hatte. In zwei Stunden – so der Zeitplan – würden sie ankommen. Kribbeln erfüllte Jehanns ganzen Körper. Gleich würde er wieder ganz in Jannes Nähe sein. Doch würde er trotz der geringeren Entfernung tatsächlich die Möglichkeit eines Treffens haben? Er wusste es nicht. Und was nützte ihm ein Treffen, wenn dieses doch einen umso schmerzhafteren Abschied zur Folge haben würde? Er musste sein Schicksal in die Hände des Obersts legen, etwas anderes blieb ihm nicht übrig.

Als sie im nächstgrößeren Dorf mit dem Namen Nordhastedt angekommen waren, fiel Jehann ein Stimmengewirr auf, das von einem Bauernhof zu kommen schien. Er schaute genauer hin und bemerkte, dass dort viele Menschen zusammengekommen waren. Eine Gruppe jubelnder, junger Männer in Uniformen stand auf dem Platz vor dem Bauernhaus, es waren große Stative aufgebaut, und die Männer, die Jehann noch jünger einschätzte als sich selbst, schwenkten Fahnen und grölten Parolen.

„Das sind Kameras. Der Kaiser braucht Fotos und sogar bewegte Bilder für seine Propaganda", flüsterte ein Kamerad und fügte hinzu: „Es läuft wohl nicht so gut."

Jehann war erstaunt: „Bewegte Bilder? Wie soll so etwas funktionieren?"

Darauf bekam er jedoch keine Antwort mehr. Alle waren darauf konzentriert, im Gleichschritt die 20 Kilometer zu bewältigen. Bereits nach wenigen Kilometern schien es Ivan wieder schlechter zu gehen; er wankte, und seine Kameraden mussten ihn von Neuem stützen. Dem Gestank nach zu urteilen, schien er sich auch in die Hose gemacht zu haben, doch niemand nahm Notiz davon. Stattdessen schritten sie unaufhaltsam weiter, dabei schleppten sie Ivan, so gut es ging, mit sich.

Im Laufe des Vormittags – es war der 21. August – gewann die Sonne noch mal an Kraft. Jehann genoss die Sicht auf die ihm vertraute Landschaft, war gleichwohl aber angespannt ob der möglichen Fluchtversuche und dem möglicherweise kurz bevorstehenden Wiedersehen mit Janne. Wie es ihr wohl ging? Er hatte ihr lange nicht mehr schreiben können. Ob sie sich schon wieder einem anderen Mann an den Hals geschmissen hatte, so wie damals in Hamburg? Jehann wusste es nicht und wollte es eigentlich auch nicht wissen.

Aus einiger Entfernung sah er, wie Ivan mittlerweile nur noch schlaff zwischen den ihn stützenden Kameraden schleifte und von einer Seite zur anderen baumelte. Jehann war drauf und dran, Peter zu fragen, was da los sei. Aber ein lauter Ruf von ihm wäre dem Oberst sicher nicht willkommen gewesen. Im dumpfen Rhythmus des Gleichschritts glitten seine Gedanken wieder zu den Dämonen der Vergangenheit. An seine Eltern konnte er sich nicht erinnern. Die Hütte, in der er mit ihnen und seinen Geschwistern gewohnt hatte, war abgebrannt. Warum hatte damals *nur er* überlebt? Welch schicksalhafte Fügung hatte ihn vor den Flammen retten können? Hermann Alster hatte ihn aufgenommen und wie einen Sohn behandelt. Doch was hatte es mit den Tobsuchtsanfällen auf sich, die ihn noch vor wenigen Jahren ohne Vorwarnung, wie aus heiterem Himmel, überfallen hatten? Damals hatte es sich angefühlt, als ob ihn eine eiserne Hand im Genick packte, als ob ihm Stimmen zuflüsterten, dass alle Menschen böse seien und ihn in Wirklichkeit verfolgten. Wo waren diese Stimmen jetzt? Würden sie wiederkommen? Möglicherweise hatten diese Stimmen ihm damals Kraft gegeben, als er die Angriffe auf Janne abgewehrt hatte, damals vom Dorfpolizisten Hans Meier oder in Hamburg, vom Seemann mit Namen Jan. Genauso konnte es sein, dass sie ihm jetzt im Krieg nützlich waren. Doch genauso wichtig war es, die Kontrolle zu behalten. Ein unüberlegter Schritt nur konnte ihn jetzt das Leben kosten.

Währenddessen auf dem Alster'schen Hof, Wrohm

Mit zittrigen Fingern und klopfendem Herz öffnete Janne voller Neugier den Umschlag. Sie erkannte erleichtert, dass die Worte, die gut leserlich mit schwarzer Tinte auf das Papier geschrieben standen, deutsch waren:

„Lieber Hermann,
wir waren zunächst untröstlich, dass wir Dich
auf dem Hof allein zurücklassen mussten. Aber
Du weißt, dass auf dem Schiff ohnehin schon zu
viele Menschen waren. Wenn es gesunken
wäre, hätte es niemandem genutzt."

Janne war wie vor den Kopf gestoßen. Kam dieser Brief etwa von den Eltern von Jehanns Vater? Er hatte ihr erzählt, dass sie einst nach Amerika ausgewandert waren und Hermann zurücklassen mussten, weil nicht genug Platz auf dem Schiff war. Damals wollten alle Leute vom Land ins ferne Amerika auswandern. Zu Hause war die Lage einfach zu schlecht, zumindest an der Peripherie. Aufgeregt las sie weiter.

„Nach einiger Zeit als Hilfsarbeiter auf einer großen Farm war es uns nun möglich, selbst ein Stück Land zu kaufen. Dies bewirtschaften wir jetzt mit unseren Arbeitern. Wir hoffen, Dich in unserem Leben noch einmal wiederzusehen. Vielleicht kannst Du Dir eine Reise nach Amerika leisten. Wir leben in Alabama und bauen Baumwolle an. So große Felder hast Du noch nicht gesehen. Von der Politik in Europa bekommen wir nur wenig mit. Wir hören aber, dass es gefährlich werden könnte. Für Dich ist hier immer Platz. Das sollst Du wissen.
Wir freuen uns sehnlichst auf ein Wiedersehen, Deine Dich liebenden Mutter und Vater"

Janne konnte ihre Tränen nicht mehr zügeln. Sie wussten also gar nicht, dass Hermann nicht mehr lebte! Woher sollten sie es auch wissen? Amerika war fern, einen Brief dorthin zu schicken, war sicher teuer. Jehann hatte es jedenfalls nicht gemacht. Er hatte ja auch gar keine Zeit gehabt, musste in den Krieg und kannte sicher auch keine Anschrift. Ja, dieser verdammte Krieg!

Behutsam legte sie den Brief auf den Tisch in der guten Stube. Seine Eltern würden ihren Sohn nicht mehr sehen, soviel stand fest. Janne wischte sich übers Gesicht. In dieser Welt gab es so viel Trauer, so viel Leid. Würde es einmal anders werden? Auch Robinson Crusoe und seine Familie mussten viel Leid erfahren. Ob sich dort das Schicksal jemals zum Guten wandte, konnte Janne noch nicht sagen. Mehr als die ersten einhundert Seiten des dicken Buches hatte sie noch nicht gelesen, nicht lesen können. Sie war abends einfach zu müde und zu traurig, um sich auf die Handlung zu konzentrieren.

21. August 1914, Gumbinnen

Voller Schwermut und abgestumpft gegenüber den Befehlen seines Obersts stapfte Joran durch den aufgeweichten Boden der ostpreußischen Provinz. Wütend war er, enttäuscht ob der Niederlage und voller Sorge um Stefan. Frauen, ja, Frauen hatte er auch nicht angetroffen. Auch hier waren sie hübsch, wie er gehört hatte. Er erblickte ein schlichtes Holzkreuz am Wegesrand. „Stefan?" Er wusste es nicht und marschierte jetzt die letzten Meter zum bereitstehenden Zug, wohin immer dieser ihn und die Reste seiner Truppe auch bringen mochte. Verzweifelt ob der Ausweglosigkeit seiner Situation trat er gegen das alte Metall des ersten Waggons und bestieg den selbigen. Im nächsten Abteil sah er den deutschen Befehlshaber sitzen; ernst, nein, geknickt und traurig schaute dieser drein. Orientierungslos betrat auch Joran das Abteil und wollte lässig an dem Oberst vorbeimarschieren. Da fuhr dieser hoch und blickte Joran aus müden Augen an: „Isivic, setzen Sie sich zu mir."

Verdutzt und erschrocken, tat Joran wie ihm geheißen.

„Isivic, dieser Krieg ist nicht gut. Er hat nichts mit Ritterlichkeit mehr zu tun", die heisere Stimme des Militärs rieb in Jorans Ohren wie Schmirgelpapier. Es lief Joran eiskalt den Rücken hinunter.

Das war ein deutscher Oberst, der die Operation gemeinsam mit Landsleuten Jorans geleitet hatte. Mittlerweile verstand er die deutsche Sprache gut, traute sich aber noch nicht, etwas in diesem Idiom zu erwidern, stattdessen nickte er nur zustimmend. Ja, dieser Krieg war wirklich nicht gut. Gab es überhaupt gute Kriege? Nachdenklich blickte Joran vor sich auf den Boden. Sein Vater hätte diese Frage wohl verneint, nachdem er vor fast zehn Jahren schwer verwundet aus einem Gefecht zurückgekehrt war.

Der Zug fuhr an, und Joran hatte keine Ahnung, wohin die Reise gehen würde.

Besprechung der obersten Heeresleitung mit Kaiser Wilhelm II., Potsdam, Schloss Sanssouci.

An der Stirnseite des langen Tisches saß der Kaiser und ließ sich von drei Generälen Bericht erstatten, unter ihnen auch Generalmarschall von Falk.

Gezwungen locker und väterlich-jovial erklang die Stimme des Kaisers: „Meine Herren, wie mir zu Ohren gekommen ist, sieht es an der Ostfront ähnlich düster aus wie an der Westfront. Wir hatten es uns wahrscheinlich leichter gedacht."

Betont ernsthaft erwiderte General von Falk: „Die Operationen an der Ostfront sind bislang verheerend gewesen. Die Frage ist, ob wir unsere Kräfte nicht vielleicht zumindest vorübergehend lieber im Westen konzentrieren sollten."

Ein anderer General, General von Trautwitz, hakte ein: „Eure Hoheit, wenn ich hinzufügen dürfte: Es gibt außerhalb und zunehmend auch innerhalb Russlands genügend Gegner des Zaren. Erst kürzlich habe ich von einem jungen Rechtsanwalt in der Schweiz gehört, ich meine, er sei aus Genf, der alles dafür geben würde, dem Zaren eine

Niederlage beizubringen. Wenn wir diese Kräfte unterstützen könnten…"

Nur mit allergrößter Mühe gelang es den Generälen, den Blick von dem verkürzten Arm des Monarchen zu wenden. Vergeblich hatten seine Eltern versucht, den Arm durch Streckübungen einsatzfähig zu machen; jetzt war er allenfalls ein Blickfang für seine Umgebung.

Der Kaiser erwiderte ruhig „Nun erst mal Schluss mit dieser Titel-Duselei. Ich bin nicht der König von England, will es auch in Gottes Namen nicht sein. Was Sie da sagen, von Trautwitz, klingt interessant. Aber solche Überlegungen sollten wir zum jetzigen Zeitpunkt noch nicht anstellen, gleichwohl sollten wir es als Option im Gedächtnis behalten. Dr. Helphand kann diesen Notfallplan beizeiten weiterverfolgen. Er ist zwar ein Idiot, kann aber nützlich sein. Ich akzeptiere nicht, dass wir militärisch gegenüber Russland und Frankreich unterlegen sind. Ich unterrichte Helphand. Zudem soll Bethmann-Hollweg nun endlich mal die Kredite freigeben, sonst geht hier nichts weiter."

Der Kaiser klang entschlossen und löste die Runde auf: „Meine Herren, einstweilen werden wir konventionell weitermachen; sollten die Verluste in Ost und West jedoch zu groß werden, kommt der

Plan von General von Trautwitz zum Tragen. Ich empfehle mich."

Die Generäle standen stramm vor ihrem obersten Befehlshaber und verließen den Raum.

Auf dem Alster'schen Hof

Sie hatte geweint, sie hatte bitterlich geweint. Nachdem Peter Jensen an diesem Tag auf seinen Hof zurückgekehrt war, hatte sie geweint, wie sie noch nie geweint hatte. Jetzt war es Mittagszeit, und mit von Tränen verquollenen Augen blickte sie auf ihr Mittagessen. Eine Scheibe Schinken hatte sie gepökelt und jetzt mit einem dicken Stück Brot vor sich auf einen Teller gelegt. Wo war Jehann? Wo war er nur? War er noch in Russland? Zum Glück war er ja nicht im Grab – oder war er es doch, und niemand hier wusste davon? Lustlos biss sie in ihr Brot und schob sich dazu ein Stück Schinken in den Mund. Salzig war er, sehr salzig – oder kam es ihr nur so vor, weil ihre Tränen auf das Essen getropft waren? Hastig trank sie einen großen Schluck Milch hinterher.

Zur gleichen Zeit am Ortseingang von Wrohm

Jehann blickte auf die ihm vertraute Gegend und konnte noch immer nicht fassen, dass er sie wiedersehen durfte.

Oberst Lenz ergriff das Wort: „Wie ihr sehen könnt, ist die Straße hier nicht befestigt. Wir werden das ändern. Der Weg nach Albersdorf muss mit Steinen ausgelegt und geteert werden. Das ist eine harte körperliche Arbeit, die ihr wohl aus Russland kennt. Meine Männer und ich werden die Aufsicht führen."

Peter übersetzte fleißig.

Während Jehann den Worten seines Vorgesetzten lauschte, sah er, wie Ivan, der nur noch von den Armen seiner Kameraden aufrecht gehalten wurde, sich krümmte. Fontänenartig schoss ein Schwall Erbrochenes aus seinem Mund, aus seinem Gesicht war jegliche Farbe gewichen. Seine Kameraden zuckten zurück, so dass Ivan kraftlos vornüberfiel und in sich zusammensackte. Ein Raunen ging durch die Reihen der Soldaten. Ohne die Erlaubnis abzuwarten, kniete sich Peter gegen jede militärische Vernunft neben ihn und tastete nach seinem Puls. Oberst Lenz ließ ihn gewähren.

„Und, wacht er noch mal auf?", die Stimme des Obersts klang ungeduldig.

Mit Tränen in den Augen wandte sich Peter an den Oberst: „Nein, Ivan ist tot. Wie sagt ihr? Er ist gefallen."

Die Stimme des Obersts klang jetzt ein wenig weicher: „Wir sprechen ein Gebet; dann vergrabt ihn am Wegesrand und stellt ein Holzkreuz auf. Wir müssen heute noch mit unserer Arbeit beginnen."

Jehann lauschte den russischen Versen, die die Gefangenen jetzt demütig vor sich und ihrem toten Kameraden hin beteten. Er verstand nichts, konnte den Schmerz jedoch am Tonfall nachempfinden. Nachdem sie geendet hatten, ergriffen Peter und ein Kamerad mit Namen Boris eine Schaufel und begannen, am Wegesrand eine Grube auszuheben, etwa einen Meter tief. Als sie fertig waren, wurde Ivan gemeinschaftlich aufgehoben und sanft in sein Grab gelegt. Einen Sarg gab es nicht; der Leichnam wurde mit Ästen und Blättern bedeckt, das Loch daraufhin wieder geschlossen. Zwei andere Kameraden hatten zwischenzeitlich aus dicken Ästen ein Holzkreuz gezimmert, das sie jetzt neben dem Grab in die Erde steckten. In kyrillischer Schrift ritzten sie seinen Namen ein und blickten wehmütig zu Boden.

Jehann schauderte es bei dieser Zeremonie. Auch er hätte ohne weiteres in solch einem Grab liegen können, nur wäre er nicht in seiner Heimat, sondern in Russland vergraben worden. Auch Ivan lag jetzt nicht in seiner Heimat, sondern in einem Land, von dem er noch so gut wie nichts gesehen hatte, und mit dem sich sein Vaterland im Krieg befand. Jehann verspürte einen starken Drang, ebenfalls ein Gebet zu sprechen. Ob Oberst Lenz ihm das aber ohne Strafe gestatten würde? Jehann bezweifelte es.

Die Kolonne setzte sich wieder in Gang; eine weitere Verzögerung würde der Oberst nicht zulassen. Mit forschem Schritt kamen sie die restlichen fünfhundert Meter voran. Jetzt passierten sie schon die ersten Häuser des ihm so vertrauten Dorfes. Nur mit Mühe konnte Jehann die Tränen der Rührung zurückhalten. Gerne wäre er jetzt abgebogen und hätte Janne besucht, doch das war nicht möglich. Er konnte schon die Kirche erblicken, die in diesem Moment zwölfmal schlug. Neben dem Gotteshaus bog der Trupp gegen Süden ab. Der sandige Pfad ging immer mehr in einen morastigen Untergrund über. Mit jedem Schritt sanken die Männer ein Stück weit in den Boden. Sie waren am Ziel – kaum vorstellbar, dass hier schwer beladene Wagen entlangfahren konnten. Es würde kein leichtes Unterfangen sein, hier eine Straße für schwere Fahrzeuge passierbar zu machen. Zudem hatte Jehann vom Straßenbau überhaupt keine Ahnung und fragte sich, wie er die Gefangenen anleiten sollte. Hoffentlich konnte Oberst Lenz in diesem Metier mehr Erfahrung aufweisen.

„Ein Teil der Leute wird hier den Grund ausheben. Dann werden wir mit Baumstämmen eine Basis für alles Weitere schaffen. Dazu kann der zweite Teil der Männer beginnen, Bäume zu fällen." Die Stimme des Obersts klang versöhnlich, fast unsicher. Jehann konnte sich gut ausmalen, dass dieses Vorgehen Sinn machte.

„Schaufeln und Spaten sind für jedermann da. Verlieren wir nicht noch weiter Zeit!"

Peter übersetzte geschäftig, und tatsächlich schnappten sich seine Kameraden die Geräte. Auch Jehann wollte sich eine Schaufel holen, doch pfiff ihn der Befehlshaber zurück: „Deine Aufgabe, Alster, besteht darin, die Männer zu beaufsichtigen. Wenn du selbst mit anpackst, verlierst du sie aus dem Blick!"

Widerwillig ließ Jehann die Schaufel wieder sinken. Er musste sich sehr beherrschen, die Gefangenen bei der Arbeit zu beobachten, ohne selbst auch nur einen Handschlag zu tun. Wohin sollten denn die russischen Soldaten von hier aus fliehen? War die strenge Aufsicht nicht eigentlich überflüssig? Ihnen lediglich zuzusehen, war langweilig.

Voller Eifer gruben die russischen Kameraden und hatten schon nach einer halben Stunde einen Graben von zehn Metern Länge und einem halben Meter Tiefe ausgehoben. Am Wegesrand türmte sich bereits der Mutterboden.

Da vernahm Jehann auf einmal einen Ausruf, ähnlich eines Schreis. Einer der Russen hielt etwas in die Höhe; Jehann konnte zunächst schwer ausmachen, was es war. Er trat näher. Da streckte ihm der Soldat namens Alexander ein Knochengerüst entgegen. Bei genauerem Hinsehen erkannte Jehann, dass es sich um einen menschlichen Schädel handeln musste. Die Haut war vollständig vermodert, nur noch die blanken Knochen waren übrig. Das schien der Kopf eines Erwachsenen zu sein, soweit traute sich Jehann eine Diagnose zu. Nur von wem? Der Krieg dauerte noch nicht lange genug an, dass es sich hier um den Kopf eines gefallenen Soldaten handeln konnte.

„Schmeiß den Dreck weg!", Peter übersetzte die Worte des Obersts wahrheitsgetreu, denn sofort schleuderte Alexander die sterblichen Überreste hinter sich in die Grube. Unverdrossen ging er genauso wie seine Kameraden weiter der Arbeit nach.

Die anderen deutschen Soldaten aus Jehanns Zug, Schulze und Behrmann, hatten den Auftrag, das ohnehin geringe Verkehrsaufkommen auf diesem Weg umzuleiten. Jehann konnte sich nur allzu gut vorstellen, wie trist diese Aufgabe sein musste, denn auch er langweilte sich unheimlich. Wie gut könnte er jetzt die wenigen Kilometer hin zu Janne laufen und nachsehen, wie es ihr ging. Doch das würde mit Sicherheit hart bestraft werden.

Auf dem Alster'schen Hof

Nur mit äußerster Mühe kam Janne durch diesen Tag. Die Unruhe ergriff erneut Besitz von ihr, und die Sorgen wollten sie schier niederwälzen. Immer wieder drehten sich ihre Gedanken im Kreis, erörterten die gleichen Alternativen. Wäre es ihr vielleicht doch lieber gewesen, wenn Jehann tot wäre? Das hätte ihr Gewissheit verschafft – dann wüsste sie zumindest, wo er war. Diese Ungewissheit war zermürbend, denn jetzt wusste sie weder, ob es ihm gut ging, noch, ob er überhaupt noch lebte und wo er sich derzeit aufhielt. Dass sie nur wenige Meter von ihm entfernt war, konnte sie nicht ahnen.

Als Peter Jensen am späten Nachmittag zu ihr kam, um mit vereinten Kräften die Stallarbeit zu erledigen, hätte sie ihn am liebsten angeschrien und auf ihn eingeschlagen, ihn für die eigenen Gefühle verantwortlich gemacht. Doch was würde das nützen? Sie würde einen Feind mehr, einen Helfer weniger haben. Und Antworten über Jehanns Verbleib hätte sie damit immer noch nicht. Peter Jensen registrierte ihr verquollenes Gesicht wohl, verkniff sich aber gnädiger Weise jeden Kommentar.

Im Stall hing sie ihren Gedanken nach, sie war verzweifelt und abermals versucht, den so hilfsbereit scheinenden Arzt aufzusuchen. Doch was sollte sie ihm erzählen, was von ihm erbitten? Auch er würde ihre Fragen nicht beantworten können. Aber würde es nicht schon guttun, einfach nur zu reden? Würde es nicht schon helfen, vielleicht eine andere Sicht auf die Dinge zu bekommen? Nur, was für eine Sicht konnte das schon sein? Sie resignierte.

Kapitel 6 – Der Zug der Seelenlosen

21. August 1914, Zug von Gumbinnen

Joran hatte sich ein Herz gefasst und mit seinem gebrochenen Deutsch versucht, den resignierenden Oberst zu fragen, wohin die Reise führte. Der winkte jedoch lediglich ab.

Gleichwohl war der Zug bereits seit einer halben Stunde in Bewegung, und Joran konnte durch die Fenster eine weite, eigentlich wunderschöne Landschaft sehen, deren lieblicher Anblick allerdings durch rostige Karossen, Munition und umgestürzte Bäume verschandelt war.

„Welch eine Verschwendung an Material, Menschen und Natur", dachte sich Joran.

Als ihm die Umgebung auch nach zwei Stunden nicht bekannt vorkommen wollte, machte er sich auf den Weg, seine Kameraden in den anderen Waggons zu suchen, doch er fand niemanden. Es waren nur deutsche Soldaten an Bord. Hatte er vor lauter Zorn und Enttäuschung den falschen Zug bestiegen? Das war doch kaum möglich, denn dazu hätte er sich unerlaubt von der eigenen Truppe entfernen müssen – und man hätte ihn doch aufgehalten, wenn er den falschen Zug bestiegen hätte. Ihm schwirrte der

Kopf, er fühlte sich verlassen und allein. Ein Gefühl wie damals, als er ganz neu in Sarajevo war. „So viele Menschen und doch allein", hatte er sich damals gedacht. Auch hier waren viele Menschen an Bord, doch niemand verstand ihn, auch nahm niemand Notiz von ihm und seiner fremden Uniform. Joran fühlte sich eigentümlich fehl am Platz, beruhigte sich dann aber mit dem Gedanken, dass man seine Uniform kennen müsse, schließlich hatte man noch vor kurzem Seite an Seite gekämpft. Andererseits war es ihm dann doch lieb, dass ihn niemand beachtete, und er versuchte jetzt unauffällig, einen Platz zu finden und die Dinge, die er ohnehin nicht mehr beeinflussen konnte, geschehen zu lassen. Müde war er, müde, orientierungslos, enttäuscht und einsam. Wenn er in die Gesichter der anderen Soldaten schaute, ging es ihnen aber wohl nicht anders. Alle Männer im Zug schauten stur vor sich auf den Boden und verzogen überwiegend keine Miene.

Mit jedem Meter, den der Zug voranrollte, wurde Joran mulmiger zumute. „All das Unglück begann mit der Seuche. Dann kam der Krieg", Joran sinnierte vor sich hin. Auch der Krieg nahm ihm wahrscheinlich schon etwas sehr Kostbares: „Wo war Stefan jetzt bloß?"

Joran merkte, wie die Schienen unter dem Stahlkoloss vibrierten; von Minute zu Minute kam er wieder einmal einer ungewissen Zukunft näher. Nervös trommelte er mit den Fingern auf seine Oberschenkel.

Trotz der Vielzahl an Männern erfüllte ein geradezu schreiendes Schweigen den Zug, es war buchstäblich mit Händen zu greifen. Fühlte sich so der Tod an? Ein Zug in die Ewigkeit mit schweigenden Männern an Bord, die auf eine unheimliche Art und Weise seelenlos schienen. Joran ließ seinen Blick schweifen. Nein, die Welt da draußen sah nicht tot aus. Vereinzelt hingen Hemden und Kleider an Wäscheleinen, die Kleidungsstücke flatterten im Wind. Rauch stieg auf aus den Schornsteinen der wenigen Gehöfte, die den Weg säumten. Vereinzelt grasten Tiere auf den Weiden, die abseits der Schienen lagen. Joran wusste nicht, wo er war, aber zumindest war er lebendig – so viel traute er sich als Urteil zu. Und dort stand tatsächlich ein Soldat auf und ging strammen Schrittes zum Abort, der sich in der Mitte des Zuges befand. Dabei passierte er auch Joran, würdigte ihn aber keines Blickes. Kein Laut, geschweige denn ein Wort war zu vernehmen. Doch, da sprach jemand! Joran lauschte angestrengt. Berlin? Hatte dort tatsächlich jemand etwas von

Berlin gesagt? Joran war noch nie im Westen Europas gewesen. Sarajevo war für ihn schon eine fast unbewältigbare Herausforderung. Und jetzt sollte er unbeabsichtigt und eigentlich strafbar ohne seine Truppe in eine der größten Städte Westeuropas fahren? Jorans Herz pochte so laut, er war sich fast sicher, dass es ein jeder hören musste. Bislang hatte er sich unsichtbar gefühlt, obwohl er es nicht sein konnte, wie ihm sein Spiegelbild im Fenster des Zuges verriet. Berlin! Er würde demnach fernab seiner eigenen, stark dezimierten Truppe nach Berlin fahren und wahrscheinlich Stefan nie mehr wiedersehen! Ihm wurde es schwer ums Herz. Seit Ausbruch der Seuche in seiner Heimat bestand sein Leben einzig und allein aus Verlust, Kampf und Enttäuschung.

„Das Schicksal ist schon eine merkwürdige Macht", dachte er sich. „Da ist die Welt so schön, und trotzdem schaffen es die Menschen nicht, ihre Existenz zu genießen. Stattdessen führten sie Kriege."

Kapitel 7 – Aufbruch ins Verderben

22. August, Wrohm auf der Baustelle

Jehann und seine Kameraden hatten die erste Nacht unter einer provisorisch aufgespannten Plane am Beginn der Straßenbaustelle verbracht. Auch die russischen Gefangenen hatten ein vergleichbares Quartier, vor dem abwechselnd ein deutscher Soldat Wache halten musste. Die Nächte begannen, deutlich kühler zu werden. Doch davon durften sich Soldaten nicht beeinflussen lassen. Sie hatten an dieser Stelle eine wichtige Arbeit zu erledigen, und sie hatten das Privileg, diese Arbeit in einer friedlichen Umgebung durchführen zu dürfen. Erst nach den Erfahrungen in Stallupönen wusste Jehann dies zu schätzen.

Die Nacht war gespenstisch still. Doch Jehann genoss diese Ruhe und fiel in einen tiefen, traumlosen Schlaf. Fast verschlief er sogar den morgendlichen Appell, der von Oberst Lenz an die Soldaten des Lagers erging. Die Sonne war gerade im Begriff aufzugehen, da standen die Russen bereits mit Spaten, Hacken und Schaufeln wieder an ihrer Arbeitsstelle. Heute sollten die Gräben mit Pfeilern versehen werden, die man brauchte, um den Straßenbelag zu stützen. Für Jehann und seine Kameraden hieß diese Ansage, dass sie einen weiteren langweiligen Tag in der staubigen Sonne verbringen mussten, ohne auch nur irgendetwas zu tun.

Währenddessen auf dem Alsterhof

Natürlich stand die Tür auch am heutigen Morgen offen. Wie jeden Tag, den Jehann nun schon bei den Soldaten oder sonstwo war. Janne hatte wieder erstaunlich gut geschlafen, dennoch fühlte sie sich, wie so oft in letzter Zeit, müde und schlapp. Ihr schmerzte der Unterleib; das musste von ihrer abklingenden Menstruation herrühren, so redete sie sich ein. Es war mittlerweile der 22. August, und die Ungewissheit, die Sorgen um die Zukunft, nahmen mit jedem Tag zu. Ihr erschien fast jeder Tag wie der andere. Natürlich, da erklang auch schon die heisere Stimme Peter Jensens, mit der er sie zur Eile antrieb. Mürrisch und von Sorgen zerfressen machte sie sich gemeinsam mit ihrem Nachbarn ans Werk. Schwer ging ihr die Arbeit von der Hand. Die Kühe brüllten wie wild, die Hühner wollten ihre Eier nicht preisgeben, und die Forke lag ihr schwer in der Hand.

„Oben im Dorf soll jetzt die Straße nach Albersdorf gemacht werden", Peter Jensen riss sie aus ihren

Gedanken. „Sie haben wohl Russen angekarrt, die das erledigen sollen. Ein paar Deutsche sind auch mitgekommen."

In Jannes Hirn brannte die Frage, ob wohl auch Jehann darunter sei, doch sie schluckte diese Frage hinunter. Peter Jensen würde ihr ohnehin keine Auskunft geben. Stattdessen sputete sie sich jetzt, um sich später selbst davon zu überzeugen, ob Jehann unter dem Trupp Arbeiter an der Straße nach Albersdorf war.

Peter Jensen bemerkte die aufwallende Energie der jungen Frau: „So habe ich dich ja noch nie gesehen, Janne."

Sollte das ein Lob sein? Seine Bemerkung war ihr egal; sie wollte noch vor dem Mittag an den Ort gelangen, an dem sie Jehann vermutete. Die Kirchturmuhr schlug sieben Mal, und die Arbeit war getan. Wo Janne heute schneller gearbeitet hatte, war Peter Jensen an diesem Morgen langsamer als sonst gewesen. Er fasste sich auffällig häufig an die Brust und hechelte mehr, als dass er regelmäßig atmete.

„Janne", keuchte er nach getaner Arbeit. „Janne, du musst die Eier zum Kaufmann bringen, ich fühle mich heute nicht gut. Zehn Pfennig pro Ei soll er dir geben. Ich lege mich jetzt noch mal hin. Wo steckt eigentlich meine Frau?"

Janne erschrak. Sie wusste, dass die Frau von Peter Jensen schon seit zehn Jahren tot war. Daher beschlich sie eine düstere Ahnung. Würde Peter Jensen an diesem Morgen auch sterben? Was sollte sie dann tun?

Sie verdrängte die düsteren Instinkte; jetzt musste sie schnellstmöglich ins Dorf, um die erteilten Aufträge zu erledigen und ihrem ungeliebten Helfer Hilfe zukommen zu lassen. Ihr gesamtes Pflichtgefühl wurde vom Drang überlagert, Jehann endlich wiederzusehen und in die Arme zu schließen.

Bei den Straßenbauarbeiten

„Alster, du wirst wahrscheinlich nach Frankreich abkommandiert. Dort haben unsere Männer durchaus Schwierigkeiten", Oberst Lenz hatte Jehann zur Seite genommen.

„Frankreich? Die Truppen sind doch noch gar nicht lange dort, wie ich gehört habe."

„Stimmt. Allerdings hat man Informationen über die französische Streitmacht bekommen, die uns beunruhigen." Oberst Lenz hielt Jehann ein Telegramm hin.

Jehann winkte verlegen ab, er konnte schließlich nicht lesen.

„Da, da steht es, kam gerade aus Aachen, von wo aus ein Großteil der Korrespondenz läuft."

Jehann schaute beschämt: „Ich verstehe diese Zeichen nicht", er deutete auf die Buchstaben.

„Ah, verstehe. So klug, wie ich dachte, bist du also doch nicht. Du kannst nicht lesen! Aber das soll dich nicht am Kämpfen hindern", mit diesen Worten machte Oberst Lenz auf dem Absatz kehrt und schritt wieder zu den arbeitenden Kriegsgefangenen.

Jehann hingegen wurde erneut mulmig zumute. Was sollte er jetzt in Frankreich? Janne wollte er sehen und in Frieden mit ihr leben. Krieg war nichts für ihn, soviel hatte er begriffen.

Die Eintönigkeit wurde jäh unterbrochen, als sich ein Bote näherte. Oberst Lenz nahm von ihm mit skeptischer Miene einen Umschlag entgegen. Wie er ihn öffnete und den Inhalt entnahm, konnte Jehann jedoch nicht sehen.

„Morgen, spätestens in einer Woche, geht's nach Frankreich. Habe ein neues Telegramm bekommen", diese Worte schrie ihm Oberst Lenz über die Schulter entgegen.

Jehann wollte sie nicht hören. Allerdings konnte er die Realität nicht leugnen. Sterben würde er aller

Wahrscheinlichkeit nach entweder im Krieg oder vor einem Erschießungskommando, vor das er gestellt würde, sollte er einen Marschbefehl verweigern. Ihm dröhnte der Kopf.

„Ey, Stehenbleiben! Das ist militärisches Sperrgebiet!", die Worte von Oberst Lenz dröhnten in Jehann wider. Er konnte sich nicht erklären, weshalb der Befehlshaber so außer sich war; dann folgte er dessen Blick, und ihm blieb sein Herz fast stehen. Das konnte doch nicht wahr sein! Aber die Gestalt, die auf das Lager zuhielt, sah tatsächlich so aus wie Janne!

Jetzt kannte Jehann kein Halten mehr! Er hörte weder den Schuss, der auf die junge Frau abgefeuert wurde, da sie sich trotz mehrmaliger Warnungen nicht von dem Militärgelände fernhalten ließ, noch den Ruf des Befehlshabers: „Letzte Warnung, sonst gibt es Tote; Alster, auch du bleibst sofort stehen!"

Das war der Moment, auf den beide seit Wochen gewartet, den sie schon als naive Träumerei in das Reich der unerfüllbaren Wünsche abgetan hatten! Sie fielen sich in die Arme und ließen nicht davon ab, sich zu berühren, zu umarmen und zu küssen. Jehann vergrub die Hände in ihren Haaren, roch ihren Körper und nahm nur wie aus weiter Ferne wahr, dass vereinzelte Schüsse fielen, dass es nach

Schwarzpulver roch und der Oberst wutentbrannt auf das liebestrunkene Paar zurannte. Tränen der Erleichterung flossen genauso wie Schweiß und Blut... woher kam das Blut?!

Oberst Lenz hatte Jehann im Genick gepackt und zog ihn zurück. Er riss ihm die Arme auf den Rücken und versuchte, ihn zu Boden zu drücken, während Janne von Kamerad Behrmann zurückgezerrt wurde.

„Für so etwas ist hier weder der Platz noch die richtige Zeit", die Worte von Oberst Lenz trafen Jehann wie ein Peitschenhieb. Endlich war er wieder bei Sinnen. Eine blutige Schramme an seinem rechten Arm verriet ihm, dass man tatsächlich auf ihn geschossen hatte, wenngleich nicht in der Absicht, ihn zu treffen. Sonst wäre er wahrscheinlich nicht mehr am Leben.

Lenz schnaufte und ließ Jehann los, der sich nun vom Boden aufrappelte: „Alster, du hast bis morgen früh Ausgang. Du wirst deine Kräfte für Frankreich brauchen, und es wird wahrscheinlich das letzte Mal sein, dass du bei deiner Frau liegst. Darum wird Behrmann euch bewachen und dafür sorgen, dass du morgen wieder hier bist. Und jetzt Abmarsch!"

Jehann riss die Augen auf. Er konnte diese Botschaft kaum glauben. Eben wurde er noch mit

Gewalt daran gehindert, Janne gebührend zu begrüßen – und jetzt durfte er den restlichen Tag und die ganze Nacht mit ihr verbringen? Das war schon eine merkwürdige Moral, die hier vorherrschte. Aber es sollte ihm recht sein. Schließlich hatte er mit solch einer Entwicklung kaum noch gerechnet.

Überglücklich machten sich Jehann und Janne in Begleitung von Kamerad Behrmann auf den Weg zum Alster'schen Hof. Sie hatten es nicht eilig, sondern genossen ihre gemeinsame Zeit. Es sprudelte nur so aus Janne heraus. Sie berichtete ihm von der offen stehenden Eingangstür, dem schwierigen Verhältnis zu Peter Jensen und all den Sorgen, die sie sich täglich machte. Sie hoffte, dass genügend Zeit war, mit Hilfe Jehanns die Tür so herzurichten, dass sie sicher verschlossen werden konnte.

Jehann wiederum war auffällig schweigsam. Es kam ihm komisch vor. Nun hatte er sich so lange auf diesen Tag gefreut und konnte nur daran denken, dass er schon bald wieder vorbei sein würde. Es schwirrten so viele Bilder und Klänge in seinem Kopf, dass er sie nicht systematisch äußern konnte.

„Du willst es gar nicht wissen", antwortete er nur lakonisch auf ihre Fragen nach dem Leben im Krieg. „Wir mussten gestern schon einen Russen begraben. In Russland konnte man glücklich sein, wenn man einen Toten noch im ganzen Stück begraben konnte. Krankheiten rafften die Männer genauso schnell dahin wie Gefechte."

Mehr war von Jehann auf den vier Kilometern Richtung Alster'sches Grundstück nicht zu vernehmen.

Jannes Gesicht erstrahlte hingegen voll kindlicher Freude, hieran änderte auch die Gesellschaft ihres Aufpassers nichts. Und dieser war offenbar auch erfreut darüber, als Anstandswauwau abkommandiert zu sein – verhieß dies doch eine Abwechslung zu der langweiligen Aufpasserei an der Baustelle!

Dann bogen die drei um die letzte Ecke, und das Alster'sche Grundstück kam in Sicht. Jannes Miene verfinsterte sich, als sie das Fahrrad des Arztes am Zaun, der das Grundstück von Peter Jensen umgab, lehnen sah. Ihr wurde erneut bewusst, wie schlecht es ihm des Morgens gegangen war. Jehann würde nur einen Tag bleiben können. Dann brauchte sie wieder Hilfe im Stall.

Oder war doch wieder an Flucht zu denken? Den Gedanken schob sie schnell beiseite, denn die Militärs waren dieser Tage zu entschlossen und nervös, wie sie gerade selbst hatte spüren müssen.

Dezent meldete sich ihr schlechtes Gewissen: Hätte sie nicht den Arzt holen müssen? Egal – auch ohne ihr Zutun war der Mediziner ja offensichtlich bereits zugegen.

Und tatsächlich trat gerade in diesem Moment Dr. Schmidt mit einem ernsten Gesicht vor die Tür. Er hatte in der Nachbarschaft einen Krankenbesuch gemacht und dabei den alten Bauern auf dem Weg in sein Haus angetroffen. Mit geschultem Blick hatte er die Lage einschätzen können und hatte Peter Jensen ins Haus begleitet. Auf Jannes Nachfrage hin sagte er: „Der Alte wird mit seinem Herzen nur noch wenige Tage leben können. An körperliche Arbeit ist schon gar nicht zu denken. Er wird in seinen letzten Stunden Beistand und Pflege brauchen. Dem Pastor sage ich Bescheid. Aber er allein wird es nicht bewerkstelligen können."

Und ich werde die Arbeit allein nicht schaffen, dachte Janne bei sich und senkte unglücklich den Blick. Jehann sah ihr die Verzweiflung an und wühlte in seinem Bewusstsein nach einer Lösung. Er selbst konnte diese Lösung nicht sein, vielleicht nie mehr. Seinen Kameraden Behrmann, der als Aufpasser mitgekommen war, wollte er auch nicht fragen. Der wäre im Notfall gezwungen, ihn mit Gewalt wieder zur Truppe zurückzuschaffen.

Sie betraten gemeinsam das Haus, und in der Küche bot Janne Behrmann ein Glas Milch und Brot an. Janne tischte auch für Jehann und sich Brot und die Reste des Schinkens auf, den Peter Jensen noch aus dem Schwein herausgeschnitten hatte. Als sie satt waren, stieg Jehann mit Janne die Treppe hinauf in ihre Kammer, die einstmals seine Kammer gewesen war. Er nahm sie in den Arm, versuchte sie zu trösten, ihr Zuversicht zu geben; es wollte ihm aber nicht gelingen. Könnte er doch die Zeit anhalten und die Zweisamkeit mit Janne auf ewig genießen. Er wollte diesen vergeblichen Wünschen nicht länger nachhängen. Stattdessen spürte Jehann, wie ihn die Lust überkam. Seit über vier Wochen hatte er keine Frau mehr gehabt, und zwischen den ganzen Männern kam man auch wahrhaft nicht in die richtige Stimmung, um Hand an sich selbst anzulegen.

„Wir haben nur diesen Tag", flüsterte er erwartungsvoll in Jannes Ohr, und auch sie schien so zu denken. Schnell, aber nicht überhastet, fuhr ihre Hand zwischen seine Schenkel; er streifte zunächst die Bluse von der in diesem Moment willenlosen Janne, dann legte er seine eigene Uniform ab. Als kein Stoff mehr die Körper des jungen Paares voneinander trennte, merkte Jehann, wie sich seine

Männlichkeit entfaltete. Dieses Gefühl hatte er zuletzt an der Eider gespürt, als Janne und er sich das erste Mal liebten.

Jehann hatte schon Angst, dass sein Aufpasser ins Zimmer kommen könnte, um diesem Spaß ein Ende zu bereiten, so laut und lustvoll waren die Geräusche der beiden. Aber nichts dergleichen geschah. Stattdessen sog er wie wild an ihren Brustwarzen, streichelte ihren heißen Körper, vergrub seine Zunge in ihrem Schoß und hielt sie fest, als gäbe es kein Morgen. Die beiden liebten sich ekstatisch; wie wild stieß er in die von glühender Leidenschaft erfasste Janne. Viel zu schnell für Jehanns Geschmack ergoss er sich in die Frau, die er jetzt schon so lange entbehren musste. Erschöpft und glücklich wie lange nicht mehr sank er neben die Geliebte auf die Decke; da erschrak er, als Janne, die soeben noch lustvoll seinen Körper umfangen hatte, ihr Gesicht erschöpft in seinem Brusthaar vergrub und zu schluchzen begann.

„Keine Angst", redete Jehann auf sie ein. „Morgen helfe ich dir noch, und dann wird sich eine Lösung finden."

Er wusste zwar selbst nicht, wie diese Lösung aussehen sollte, fand aber, dass es gut klang.

Mit Erstaunen registrierte Jehann, wie sich rings um das Bett ein dünner Teppich aus Stroh gebildet hatte. Der Strohsack, der als Matratze diente, hatte wohl durch das wilde Liebesspiel Schäden davongetragen. Jehann musste lächeln.

„Können wir nicht noch einmal fliehen?", Janne flüsterte die Worte tränenerstickt in Jehanns Richtung.

„Wir würden unser beider Leben für diese Freiheit aufs Spiel setzen", gab Jehann halb ängstlich, halb resigniert zurück.

„Hey, diesen Spaß möchte ich auch haben", die Stimme von Kamerad Behrmann, der scheinbar unweit der Tür Position bezogen hatte, riss Janne und Jehann jäh aus ihren Gedanken.

Jehann war wütend. Er hatte sich nicht ausgesucht, nach Frankreich geschickt zu werden; da konnte man ihm und vor allem auch Janne doch zumindest mal ein wenig Spaß gönnen.

Jehann zwängte sich nochmals in seine Uniform und stieg die steile Treppe herab. Er instruierte Kamerad Behrmann, der ihm zunehmend unsympathischer wurde, die Tiere im Stall zu versorgen. Widerwillig beugte sich sein Kamerad dieser Anweisung. Janne war mittlerweile ebenfalls herunter gekommen, die beiden genossen nun gemeinsam das spätsommerliche Wetter. Als der Abend nahte und Kamerad Behrmann wieder Position bezogen hatte, gingen die Liebenden wieder in die Kammer, um ein wenig Zeit für sich zu haben.

„Alster, Ihr habt noch acht Stunden, dann musst du wieder im Lager sein", brüllte Behrmann ihnen mit einem gehässigen Unterton nach. Jehann fauchte innerlich und ballte seine rechte Faust, war aber wohl darauf bedacht, Janne nicht weh zu tun.

„Genießen wir die Stunden und denken nicht an morgen", diese Worte Jannes besänftigten Jehann ein wenig, und tatsächlich schlief er nur wenig später an der Seite seiner Liebsten ein.

Kamerad Behrmann machte es sich währenddessen im Wohnzimmer auf dem Sofa gemütlich, auch er brauchte ein paar Stunden Schlaf. Bevor er sich jedoch schlafen legte, erblickte er einen Brief, der ganz offenbar in einer fremden Sprache geschrieben war. Dieser lag auf dem Tisch. Er nahm den Brief zur Hand; zwar konnte Behrmann nicht gut lesen, die Worte auf dem Umschlag waren jedoch nach seiner Logik kein Deutsch. Seine letzte Schulstunde lag nun schon ein halbes Jahr zurück, es glommen jedoch schwache Erinnerungsfetzen an diese Zeit auf. War das vielleicht Englisch? Befand sich das Kaiserreich nicht mit England im Krieg?!

Für ihn fügte sich nun einiges zusammen: Sein Kamerad Jehann Alster musste mit dem Feind kollaborieren!

„Na warte! Erst darfst du als Einziger von der Truppe mit deinem Mädchen schlafen, dann fällst du deinem Vaterland noch in den Rücken. Ich will dir zeigen, was du verdient hast", voll grimmiger Entschlossenheit schmiedete Behrmann einen Plan. Jehann würde morgen nicht nach Frankreich aufbrechen; dafür würde er sorgen! Und das würde ihm nicht gut bekommen!

Zufrieden legte sich Kamerad Behrmann für ein kurzes Nickerchen aufs Sofa, ein wenig Zeit hatte er noch. Genüsslich malte er sich aus, was er mit den beiden machen würde. Bilder von durchschnittenen Kehlen, Jehanns abgetrenntem Schwanz, Jannes abgeschnittenen Brustwarzen schwirrten durch seinen Kopf. Natürlich würden sie schreien, wimmern und um ihr Leben jammern. Aber der nächste Hof war fünfzig Meter entfernt. Niemand würde es hören!

Mittlerweile drangen auch keine Geräusche mehr aus der Kammer, in der die beiden schliefen. Es konnte also bald losgehen. Mit einem schiefen Lächeln strich er über das Messer, das er im Stiefel trug. Ein stattliches Anwesen war das hier, so etwas konnte eine Frau doch nie allein bewirtschaften.

Nun ja, das würde sie in Zukunft auch nicht mehr müssen, nicht mehr können... Der Schlaf übermannte den jungen Soldaten.

Da, was war das? Jetzt ist Schluss mit Schlafen! Behrmann schreckte auf. Es waren gerade mal drei Stunden vergangen, seitdem er sich zur Ruhe gelegt hatte, aber das war nach seinen Vorstellungen auch genug. Es gab schließlich noch etwas zu tun. Entschlossen zündete er in der Stube eine Kerze an, um sich in dem fremden Haus besser orientieren zu können. Voller Wut und dem sicheren Gefühl, ungerecht behandelt worden zu sein, erklomm er die steile Treppe hin zur Schlafkammer der beiden Liebenden, und mit jeder weiteren Stufe, die er voranschritt, wurde ihm heißer. Dabei spürte er einen kühlen Luftzug im Nacken.

Jetzt war sie dran, vielleicht auch er! Es muss etwas geschehen! „Ich bin Verteidiger des Vaterlandes, kein Kindermädchen für glücksverwöhnte Burschen", fluchte er innerlich. Mit jeder Stufe, die er die Treppe weiter hinaufkletterte, wuchs seine Wut. „Alster, während deine Kameraden diese Nacht wieder im Zelt liegen und einsam vor sich hin frieren, steckst du deinen Schwanz in diese schöne Frau. Das machst du nicht noch mal!"

Da war die Tür, die als einziges noch zwischen Soldat Behrmann und der Erfüllung seiner Rache stand. Aber was war das? Sie war geöffnet, knarrte geradezu in der Stille der Nacht. Behrmann sah im fahlen Mondlicht, wie ein Schatten durch die Tür auf den Flur fiel, ein Schatten, der sich langsam, aber präzise bewegte. Er nahm einen süßlich-scharfen Geruch wahr, es roch nach Medizin.

Was war das? Was konnte das sein? War da noch jemand?, diese Fragen gingen dem Aufpasser durch den Kopf.

Das Messer hatte er bereits herausgezogen und hielt es flach an seinen Körper gepresst. Da kam ihm eine Person aus der Kammer entgegen. Behrmann erkannte eine hochgewachsene Gestalt und ein bärtiges Gesicht, der Mann bewegte sich mit äußerster Vorsicht. Mit einem Satz war Behrmann bei ihm. Die Gestalt wich zurück und stöhnte dabei laut auf.

„Wer bist du? Um dich kümmere ich mich gleich, wenn ich mit den beiden fertig bin", scharf klang die Stimme des kleinen, kräftigen Soldaten Behrmann. „Wer bist du? Die beiden gehören mir!"

„Das geht dich gar nichts an, wer ich bin", zischte der Eindringling. „Und jetzt sei still. Äther ist zwar ein wirksames Mittel, gegen allzu laute Geräusche wirkt es aber auch nicht."

Behrmann erkannte den Arzt wieder, den sie am Tag davor draußen beim Nachbarn getroffen hatten! Schroff stieß er Otto Schmidt zur Seite und stand gleich darauf in der Schlafkammer. Die Kerze stellte er ab. Hinter sich hörte er den Dorfarzt röcheln. Behrmann hatte ihm einen heftigen Schlag auf die Brust versetzt. Ungestüm schwang Behrmann das Messer vor sich hin und her und trat vor das Bett, in dem Janne und Jehann eng umschlungen bei-einanderlagen, reglos und ruhig atmend.

„Wer will zuerst? Ihr werdet ja leider nichts spü-ren, weil dieser Quacksalber euch ein Schlafmittel gegeben hat. Aber es wird mir auch so Spaß bringen. Ihr schreit dann zumindest nicht dumm rum. Wer hätte gedacht, dass diese Tat noch zu einem Dienst am Vaterland wird?", Behrmann berührte mit der Klinge des Messers bereits Jannes Kehle. Sein Ziel war jetzt nur noch wenige Bewegungen entfernt. Auch Jehann rührte sich nicht. Es war zu einfach, viel zu einfach.

Auf einmal wurde es laut. Ein Schrei, das Split-tern von Holz und das Brechen von Knochen – scheußliche Laute waren zu hören.

Da stand er jetzt, etwas außer Atem und mit schweißnasser Stirn. Otto Schmidt hatte sich den Stuhl geschnappt, der wie immer in der Diele stand, und hatte ihn dem Soldaten Behrmann auf dem Kopf zertrümmert. Der Stuhl, der jede Nacht die Tür des Alster'schen Anwesens hatte schützen sollen, war jetzt wahrlich zu einem Schutz für dessen Bewohner geworden.

Mit blutendem Schädel und einer blassen Gesichtsfarbe, die so rein gar nichts mehr mit der Zornesröte zu tun hatte, die man nur wenige Sekunden vorher bei ihm erblickt hatte, lag Behrmann auf dem Boden der Kammer. Janne und Jehann hingegen waren von diesem Lärm immer noch nicht aufgewacht. Unschlüssig und sehr erschöpft stand Otto Schmidt jetzt in der Kammer, in der er nur wenige Minuten vorher vergeblich versucht hatte, sich an Jannes Leib zu befriedigen. Jehann und sie lagen einfach zu eng umschlungen, er hätte zu große Kraft aufwenden müssen, um das zu ändern, davon wären sie vermutlich wieder aufgewacht. Dieses Glück würde dem jungen Soldaten nicht beschieden sein. Musste er ihm nicht auch helfen? Schließlich war er Arzt und durfte keine Unterschiede zwischen einzelnen Bedürftigen machen. Jetzt hatte er wahrscheinlich sogar jemanden getötet, oder war das Notwehr gewesen? Welch ein Messer hatte er dort? Es war ja ein richtiger Säbel! Wer war dieser Mann? War das vielleicht der Soldat, mit dem er Janne und

Jehann am Nachmittag am Haus von Peter Jensen getroffen hatte? Er steckte in einer deutschen Soldatenuniform, genau wie die von Jehann, die neben dem Bett im Stroh lag. Was hatte der Soldat vorgehabt?

Vielleicht könnten mir Janne und Jehann Auskunft geben. Wenn er die zwei jetzt aber aufweckte, würden sie auch wissen, dass er derjenige war, der Jehanns Abwesenheit schamlos ausgenutzt hatte.

Otto Schmidt grübelte und kratzte sich am Kopf, während immer mehr Blut aus der Wunde des Kameraden Behrmann auf den hölzernen Boden der Kammer tropfte. Ein leichtes Röcheln war aus seiner Kehle zu vernehmen.

„Jetzt sei still!", Otto Schmidt ergriff das letzte intakte Stuhlbein und schlug damit auf den wehrlos am Boden liegenden Soldaten ein. Jetzt regte sich Janne, auch Jehanns Atem ging schneller. Otto Schmidt konnte die Verwirrung in Jannes Blick erkennen, als sie die Augen aufschlug. Als Janne die Ereignisse rund um ihr Bett bemerkte, entfuhr ihr ein spitzer, alles durchdringender Schrei.

Auf dem Boden lag ein Mann mit einer klaffenden Kopfwunde. Die Hände hinter dem Rücken verschränkt, lehnte der nette Dorfarzt Otto Schmidt

erschrocken und blass an der Wand. Die gespensti-
sche Szenerie wurde durch die Kerze im Zimmer in
ein unheilvolles Licht gehüllt. Die laut tickende Uhr
an der Wand stand auf zwei. Draußen kämpften
zwei Katzen miteinander, man hörte deutlich ihr
Fauchen.

Der Dorfarzt ergriff verlegen und mit kraftloser
Stimme das Wort: „Wo ihr nun schon einmal wach
seid – ich habe diesen jungen Soldaten draußen
herumschleichen sehen. Er ist in das Haus eingedrungen und wollte euch scheinbar töten. Seht ihr
das Messer? Nur mit äußerster Mühe konnte ich ihn
daran hindern. Jetzt wird er sterben.“

Jehann erkannte seinen Kameraden und glaubte
Otto Schmidt kein Wort. Er sprang aus dem Bett
und kleidete sich rasch mit seiner Uniform, während
Janne ihre Blöße, so gut es ging, mit den Kissen
bedeckte.

„Herr Schmidt, dieser junge Mann ist mit Sicherheit nicht draußen herumgeschlichen. Vielmehr
sollte er unten im Wohnzimmer Wache schieben.“

Otto Schmidt stieg jetzt die Schamesröte ins
Gesicht.

„Und außerdem kann ich mir nicht erklären,
warum er uns etwas antun sollte.“

Mit letzter Autorität erwiderte Otto Schmidt: „Er wird eifersüchtig gewesen sein, weil du bei Janne liegen durftest und sein Mädchen weit weg ist."

Wie richtig Otto Schmidt mit dieser Einschätzung lag, wusste er in diesem Moment selbst noch nicht.

Währenddessen in Berlin

Joran war nach quälend langer Fahrt endlich in Berlin angekommen. Hatte ihn Sarajevo zunächst an eine Großstadt nach den Maßstäben Moskaus erinnert, so erschien ihm Berlin wie eine riesige bedrohliche Festung mit einer unüberschaubaren Fülle von Menschen, die wie Ameisen durcheinanderwuselten. Der Himmel war grau an diesem Tag, leichter Regen prasselte auf das Straßenpflaster. Das Stadtschloss thronte wie ein Monument über der Metropole. Es war Abend, der Geruch von Rauch und Pferdedreck lag in der Luft.

Nachdem der Zug gehalten hatte, wurde der Befehl gegeben, sich in einer nahegelegenen Kaserne zu einer Krisensitzung zurückzuziehen; Joran hatte hier keinen Zutritt. Daher schlenderte er gemächlich durch einige prachtvolle Straßen, wie er sie noch nie gesehen hatte. Unvermittelt erblickte er eine junge

Frau in einem langen Mantel mit auffallend roten Lippen, die zielstrebig auf eine hell erleuchtete Bar zuging. Joran hatte nicht mehr viel Geld, dennoch fühlte er sich zu diesem schönen Wesen unwiderstehlich hingezogen. Er hatte gehofft, an der Front – vielleicht bei Kameradschaftsabenden – schöne Frauen zu treffen, doch das war ihm nicht vergönnt gewesen. Es gab überhaupt keine Kameradschaftsabende, geschweige denn Frauen an der Front. Das hatte er sich anders vorgestellt. Wie war es doch in den alten Sagen? Da hatten die tapfersten Soldaten auch immer die schönsten Frauen. „Aber das waren wohl reine Märchen", dachte sich Joran.

Angespannt, fast schüchtern, betrat er jetzt die hell erleuchtete Bar. Die Wärme in diesem Haus, der Duft nach Zigarettenrauch, gemischt mit Parfüm und Schweiß, waren für Joran wie ein paradiesischer Genuss. Auch er steckte sich jetzt eine Zigarette an und schaute einigen leicht bekleideten Damen dabei zu, wie sie tanzten. Ein Pianospieler saß in der Ecke und ließ eine Melodie erklingen, die Joran noch nie zuvor gehört hatte. Joran inhalierte den blauen Rauch seiner Zigarette, genoss die Atmosphäre und fühlte sich entspannt wie lange nicht mehr. Keinen Gedanken verschwendete er an die Konsequenzen seines Fernbleibens von der Truppe, keine Sorgen machte er sich mehr um Stefan, keinen Gedanken vergeudete er in diesem Moment an den morgigen Tag. Er war vollkommen auf das Hier und Jetzt fokussiert. Frauen, wie aus Marmor geschlagen, wie von einer göttlichen Macht nur für ihn geschaffen, tanzten nur wenige Meter entfernt vor seinen Augen.

Unvermittelt tippte ihm jemand auf die Schulter: „Hey, auch auf Heimaturlaub?", ein breitschultriger, hochgewachsener Mann mit militärisch kurzgeschorenem, blonden Haaren stand neben ihm. „Ich bin Hugo, komme aus Norddeutschland und soll dafür sorgen, dass bald wieder Ruhe im Vaterland herrscht."

Joran empfand seine Stimme als angenehm, wenngleich er nicht viel verstand. Stattdessen wies er auf seine Uniform, die nicht viel mit Hugos Kleidung zu tun hatte.

„Ah, du bist ein Ausländer. Aber kein Russe, die würde ich riechen", Hugo sah nachdenklich aus. „Du kommst also von den Österreichern und ihren Verbündeten, nicht schlecht. Wir haben die gleichen Feinde."

Dann lächelte er Joran freundlich an: „Willst du mit einer von denen aufs Zimmer?"

Um seine Worte zu verdeutlichen, wies er auf eine Blondine mit auffallend langen Beinen. Joran folgte seinem Blick und deutete ein Nicken an. Daraufhin ging Hugo zu der Dame und steckte ihr unauffällig einen Geldschein zu.

„Du hast heute wohl deinen Großzügigen", kicherte die Dame mit einem Berliner Dialekt.

„Es ist für meinen Freund", Hugo wies verheißungsvoll auf Joran.

Mit einem professionell gekonnten Lächeln näherte sie sich Joran. „Ick bin Inga", stellte sie sich vor.

Er lächelte verlegen.

„Mann, du sprichst wohl kein Deutsch. Dat verstehst du aber, hm?", zielstrebig suchte Inga mit ihrer rechten Hand den Kontakt zu Jorans Schritt. Jetzt verstand er und folgte ihr erwartungsvoll auf ein Zimmer im Obergeschoss der Bar.

Draußen auf der Straße skandierten eine Handvoll Demonstranten

„Sozialdemokraten
haben uns verraten,
Sozialdemokraten
haben uns verraten."

Währenddessen verschwand Hugo mit einem Mann in Anzug und Krawatte in einem Séparée und unterhielt sich über politische Vorhaben in der näheren Zukunft. Er bedankte sich für die Bewilligung der Kriegskredite, um gleich darauf die Aussage seines Gegenübers zu hören: „Es ist noch nicht sicher. Aber es sieht gut aus, wird schon."

Joran ließ sich von Inga verwöhnen. So etwas hatte er bei den Frauen seiner Heimat noch nicht erlebt. Sie hatte Salben, Duftöle und Getränke, die Joran in einen regelrechten Rausch versetzten. Er genoss die Berührungen der Blondine in vollen Zügen und konnte sich beim besten Willen nicht vorstellen, irgendwann wieder auf dem Schlachtfeld zu stehen. Diese Frauen würden sicher auch die Dienste eines Arztes wie Dr. Juric in Anspruch nehmen müssen, wenn sie mit so vielen Männern verkehrten. Aber das war ihm jetzt egal. Nach einer kurzen Weile, die Joran viel zu kurz erschien, zog sich Inga wieder an und bedeutete Joran, es ihr gleichzutun. Joran gehorchte und schlüpfte wieder in seine vollkommen verdreckte Uniform. Daraufhin verließen sie Ingas Zimmer und stiegen die Treppe hinunter in die Gaststube. Vollkommen übermütig von der gerade gemachten Erfahrung bestellte sich Joran ein Glas

Sekt. Zwar wusste er nicht, wie er dies bezahlen sollte, aber das war ihm egal. Er genoss diese Nacht!

Zu seiner großen Erleichterung erblickte er Hugo, der in einer Nische weit hinten in der Bar mit einem anderen Mann an einem Tisch saß und trank. Der nette Mann würde ihm bestimmt aus der finanziellen Klemme helfen.

Währenddessen in Wrohm, Alster'sches Anwesen

Jehann wurde einiges klar, natürlich konnte er das nachvollziehen. Trotzdem war er, insbesondere gegenüber dem Mediziner, misstrauisch.

Hatte Janne ihm nicht heute Nachmittag erzählt, dass Dr. Schmidt ihr die Sache mit der offen stehenden Tür beim Gespräch im Krog nicht abgenommen hatte? Wäre er doch nur die letzten Wochen da gewesen, um Janne zu beschützen! Jetzt fehlte ihm jegliche Zeit, um eine beruhigende Lösung für sie zu finden, während er in wenigen Stunden schon wieder bei der Truppe sein musste.

Nun war es an dem Arzt, die Situation aufzuklären. Otto Schmidt hatte sich allerdings bei seinen mühsamen Erklärungsversuchen immer mehr in Widersprüche verstrickt.

Da wurde es Jehann zu bunt. Er schleuderte ihm seine Fragen entgegen: „Was wolltest du überhaupt um diese Zeit hier in der Gegend? Und was riecht hier eigentlich so scharf?"

Jehann erinnerte sich an seine Zeit im Lazarett, dort hatte es ganz ähnlich gerochen. Nur was war das?

Als Jehann diese Fragen mit Nachdruck und einer alles durchdringenden Stimme gestellt hatte, brach der Mediziner zusammen. Er fing an zu schluchzen: „Ich habe mich in Janne verliebt. Sie erinnert mich so sehr an meine Frau – Gott hab sie selig – und an meine Tochter. Sie starb schon mit zehn Jahren. Ich musste Janne einfach berühren. Janne hat aber gar nichts gespürt. Dieses Mittel wirkt sehr zuverlässig."

Als Janne dieses Geständnis hörte, fing sie an zu schluchzen. Panik stieg in ihr auf. Sie presste das Kissen vor ihr Gesicht, biss sich auf die Lippen und verkrampfte innerlich; ihre Tränen kannten kein Halten mehr. Die ständig offen stehende Tür, das Rumpeln auf dem Flur, die klebrigen Hinterlassenschaften an ihrer Wäsche – all das machte auf einmal Sinn! Ekel stieg in ihr auf; dabei hatte sie dem netten Arzt vertraut!

Jehann spürte, wie die alte Wut in ihm hochstieg. Er schleuderte den Arzt zu Boden, seiner Brust entrang sich ein so lauter Schrei, dass er meinte, sogar sein Kamerad hätte gezuckt: „Ich muss in wenigen Stunden nach Frankreich, sonst werde ich dieses Mal endgültig hingerichtet", Jehann schlug mit der Faust gegen die Wand. „Was mache ich nur mit dir, Janne? Wenn ich diesen Lump", er wies auf Otto Schmidt, „kastrieren würde, dann könnte er dir bei der Stallarbeit helfen. Aber so wird er jetzt eher meinem Kameraden folgen!"

Behrmanns Gesicht war mittlerweile von einer Totenblässe überzogen. Jehann griff nach seinem Gewehr. Er blickte so grimmig, dass selbst Janne Angst vor ihrem Jehann bekam.

„Nein, Jehann!", jetzt schrie Janne aus Leibeskräften. „Nein, tu ihm nichts! Du weißt, in welche Schwierigkeiten dich das schon einmal gebracht hat!"

Wie vom Teufel besessen, stürzte sie sich in ihrer Verletzlichkeit und Blöße auf Jehann und versuchte, ihn von dem am Boden liegenden Arzt fernzuhalten.

Mit letzter Kraft hauchte der Mediziner: „Du wirst mir nicht vertrauen, das kann ich dir nicht verübeln. Aber ich schwöre, ich helfe Janne bei der Stallarbeit. Peter Jensen wird es nicht mehr können.

Und du musst wohl auch in wenigen Stunden aufbrechen. Du wirst es mir nicht glauben, aber ich will Janne beschützen."

In der schummrigen Beleuchtung erschien die Szenerie gespenstisch.

Das glaubte ihm Jehann tatsächlich nicht, andererseits blieb ihm auch nichts anderes übrig, wollte er nicht noch einen Tod auf dem Gewissen haben. Schnell wog er seine Möglichkeiten ab. Der Pastor war mit Otto Schmidt befreundet, würde also auch keine verlässliche Hilfe sein, Peter Jensen war bald tot, auf allen anderen Höfen war in dieser Zeit ebenfalls schon viel zu viel zu tun. Sosehr er sich auch anstrengte, ihm wollte keine wirklich gute Lösung einfallen. Er würde eine vollkommen verstörte Janne mit den Dämonen der letzten Wochen allein lassen müssen. Resigniert schlug er mit der Faust gegen die Bettkante, verzog wütend das Gesicht. Dann riss er den Arzt am Kragen auf die Beine und starrte ihm ins Gesicht: „Wenn du sie nur *einmal* noch unsittlich berührst, komme ich persönlich wieder und schneide dir deine gesamte Männlichkeit ab. Langsam, ganz langsam werde ich das tun. Zudem werde ich Janne einen Aufpasser besorgen, der jeden Tag nach ihr schaut."

Stöhnend und wimmernd stimmte Otto Schmidt den Drohungen Jehanns zu und gelobte so feierlich, wie es diese Situation erlaubte, ihr nie wieder etwas anzutun.

Jehann ließ von ihm ab und wandte sich wieder Janne zu: „Mein Liebes. Schlaf werden wir in dieser Nacht nicht mehr finden. In einer halben Stunde können wir noch gemeinsam melken. Dann wartet eine neue Reise ohne sicheren Ausgang auf mich." Janne zog sich an, und gemeinsam machten sich beide auf den Weg in den Stall, wo sie schnell und voller Furcht vor dem bevorstehenden Abschied die Tiere molken und fütterten.

Otto Schmidt hatte an diesem Morgen den toten Kameraden Behrmann mit sich genommen und würde ihn – so dachte Jehann – seinem Freund, dem Pastor übergeben. Jehann war in diesem Moment egal, was mit Behrmann geschah. Er hoffte nur, dass er vorher einen seiner Kameraden dazu bewegen konnte, jeden Tag nach Janne zu schauen. Er war aber guter Hoffnung.

Janne fiel der Brief ein, den sie von den Eltern Hermann Alsters erhalten hatte. Sie beschloss, Jehann nichts davon zu erzählen; wahrscheinlich interessierte es ihn ohnehin nicht, und falls doch, würde es ihn eher aufregen als beruhigen.

Als sie mit der Stallarbeit und dem Melken fertig waren, schlug die Kirchturmuhr schon halb sechs. Lange hatten sie gebraucht, hatten sich zwischendurch immer wieder umarmt, geküsst und sich ihrer Liebe versichert. Jehann stutzte. Er musste jetzt zurück zur Truppe. Nur was sollte er Oberst Lenz über den Verbleib von Behrmann sagen? „Es war ein Unfall", dachte er sich, „und der Pastor wurde verständigt. Den toten Körper des Soldaten hat er gleich mitgenommen."

So falsch war diese Geschichte gar nicht, als Unfall konnte man es wohl bezeichnen. Aus Angst, dass Janne sonst mit der Arbeit ganz allein zurechtkommen musste, würde er den Arzt nicht anschwärzen, schmunzelte Jehann über diese hoffentlich glückliche Fügung. Die Freude hielt jedoch nicht lange an, schnell gewann der Abschiedsschmerz wieder die Oberhand. Verbissen, sich seiner Tränen schämend, drehte er sich wieder zu Janne um. Auch ihr stand das blanke Wasser in den Augen.

„Werden wir uns wiedersehen?", Jannes Stimme klang tränenerstickt.

Jehann schluchzte mehr, als er reden konnte: „Ich weiß es nicht. Der Krieg ist mehr als brutal. Du verlierst dein Leben von einer Sekunde zur anderen."

Das war es nicht, was Janne hören wollte, und sie ließ ihren Ängsten und Tränen freien Lauf. Jehann versuchte mit letzter Kraft, diese Ängste wieder zu beschwichtigen: „Ich werde alles daransetzen, dich schon bald wieder in die Arme schließen zu können. Verzeih mir, aber es muss jetzt schnell gehen!"

Mit diesen Worten drehte sich Jehann auf dem Absatz um und lief, so schnell es ihm möglich war, zurück zum Lager, wo in diesem Moment der morgendliche Appell stattfand. Schon von weitem winkte ihn bereits Oberst Lenz zu sich. Außer Atem erreichte Jehann den Militär.

„Alster, ich mag dich. Darum fällt es mir auch mehr als schwer, dich nach Frankreich zu schicken. Aber du bist auch gleichzeitig unser Bester. Der hiesige Dorfarzt war auch schon hier und hat mir die Sache mit Behrmann berichtet. Sie bleibt unter uns. Unfälle können immer geschehen", bei diesen Worten umspannte ein leichtes Lächeln die Miene des Obersts. Jehann wusste nicht, was Otto Schmidt Oberst Lenz, seinem Vorgesetzten, berichtet hatte. Es war ihm auch egal. Er war nur froh, dass die letzte Nacht für ihn scheinbar keine weiteren Konsequenzen hatte.

„Da drüben steht der Wagen. Du fährst mit ihm nach Heide, von Heide nach Hamburg, und dann geht es mit einem weiteren Zug sehr weit in den Süd-westen. Ich wünsche dir das größte Kriegsglück!"

Jehann konnte es kaum glauben, aber in den Augen von Oberst Lenz schimmerten Tränen.

„Ich habe nur noch eine Bitte", flehte Jehann. „Schicken Sie bitte Schulze jeden Tag zum Alsterhof. Er soll schauen, ob es meinem Mädchen gut geht."

„Alster, das werde ich selbst übernehmen. Sie haben mein Ehrenwort."

Jehann war überrascht, aber äußerst froh, dass ihm diese Vorkehrung gelungen war. Aufrecht, doch innerlich unentschlossen und aufgewühlt, marschierte er zu der bereitstehenden Kutsche. Mit einem Ruck überwand er seine Bedenken und stieg ein. Doch kaum hatte er im Inneren Platz genommen, verließ ihn seine Haltung und er verbarg sein Gesicht in den Händen. So entging ihm auch, dass von weitem eine Gestalt zur Kutsche gelaufen kam, die sich langsam in Bewegung setzte.

Janne brachte kein Wort heraus. Durch einen Tränenschleier blickte sie der Kutsche hinterher.

Doch da hob Jehann noch einmal den Blick und wandte sich um. Er erblickte Janne und rief ihr zum Abschied zu: „Mach es uns doch nicht so schwer! Ich kann die Situation doch auch nicht ändern! Ich werde alles geben, um zu überleben!"

Kapitel 8 – Die Rückkehr

16. Oktober 2017

„Hallo mein Kleines", ein hochgewachsener Mann mit silbrigem Haar beugte sich über Freya, die vollkommen zusammengesunken am Sterbebett ihrer Oma lehnte. Der Mann tätschelte ihr liebevoll die Wange. Langsam regte Freya sich und blinzelte beim Wachwerden. Ihr Blick fiel auf den Mann: „Hi Paps. Träume ich?"

„Als du mir die Nachricht geschrieben hattest, saß ich gerade im Flugzeug von Nairobi nach Hamburg. Dort hätte ich eigentlich einen Termin im Tropeninstitut gehabt. Der Tod von Mutter ändert aber natürlich einiges."

Mit steifen Gliedern rappelte Freya sich auf und sank ihrem Vater unter Tränen in die Arme.

„Ich weiß, es ist schon lange her, seit wir uns gesehen haben, Kleines. Aber es gab tausende von Malaria-Toten. Du kannst es dir nicht vorstellen, die Menschen lagen teilweise einfach so in der Sonne und verfaulten. Das sind Bilder, die nicht jeder aushält."

Wenn er wüsste, welche Bilder sie in den letzten Stunden vor ihrem inneren Auge gesehen hatte, welche Geschichten sie durch ihre Urgroßmutter miterleben musste, dann würde er so etwas nicht sagen.

Als würde die Begegnung mit ihrem Vater in diesen Sekunden nach einem Drehbuch ablaufen, fiel sein Blick auf das alte Buch, das auf dem Boden lag; vermutlich war es Freya im Schlaf aus den Händen gerutscht. Mit einem Seufzer hob er das alte Schriftstück auf: „Ach, dieses Buch gibt es also wirklich. Mutter hat immer davon gesprochen und uns gewarnt, sollten wir es einmal finden, es nicht zu lesen. Es würde zu viele Grausamkeiten enthalten, sagte sie immer. Sie erzählte uns die Geschichten lieber so. Ob diese dann immer die ganze Wahrheit enthielten, weiß ich natürlich nicht. Du hast es gelesen?"

Freya räusperte sich: „Ich habe angefangen, bin dann wohl aber irgendwann eingeschlafen. Sage mir doch, was hat das alles auf sich mit Janne und Jehann, wie ist es letztlich ausgegangen?"

Ihr Vater zögerte, gab sich dann aber einen Ruck: „Komm mit ins Wohnzimmer. Ich werde dir alles erzählen, was ich weiß."

Freya folgte ihrem Vater in das angrenzende Wohnzimmer.

„Ich schau mal nach, ob Mutter noch Kaffee im Schrank hat. Dann brühe ich uns einen auf."

Die junge Frau trat ans Fenster und blickte hinaus, in Wahrheit aber sah sie nichts. Wenig später durchzog Kaffeeduft das Haus, das vor kurzem noch so unheimlich gewirkt hatte. Freya hörte Geschirr klappern. Dieses Gemäuer war der Schauplatz so unglaublicher Geschichten gewesen – Freya war sehr gespannt auf die Erklärungen, die ihr Vater für so manche Frage gleich auf Lager haben würde. Da betrat er auch schon mit ernster Miene und einem Tablett mit einer Kanne dampfenden Kaffees die Stube. Sie nahm auf dem altmodischen Sofa Platz, während er sich in den mit Fransen behangenen Sessel setzte; er schenkte beiden ein. Freya ergriff die dampfende Tasse, während ihr Vater die Beine übereinanderschlug und zu einer Erklärung ansetzte:

„Oma hat euch Enkelkindern nie viel erzählt. Wahrscheinlich hat das denselben Grund, warum wir dieses Buch nicht lesen sollten. Du hast also Janne und Jehann kennengelernt. Janne war deine Urgroßmutter, meine Oma."

Freya wurde unruhig, das wusste sie doch schon. Sie streifte die Schuhe ab und zog die Beine an.

„Jehann hat noch bis 1980 gelebt und starb nur kurz vor deiner Geburt. Was soll ich sagen? Deine

Uroma wurde Zeit ihres Lebens von der Männerwelt verfolgt. Sie war sehr hübsch und erweckte in den meisten Männern wohl den Beschützerinstinkt. Uropa, also Jehann, musste sowohl im Ersten, als auch im Zweiten Weltkrieg dienen, dort allerdings nur als Funker. Er war zuerst in Russland, dann an der Westfront in Verdun. Du kennst sicher den Kriegsverlauf des Ersten Weltkriegs."

Freya nickte und schlürfte den heißen, belebenden Kaffee. Auch ihr Vater machte eine Pause und trank gedankenverloren.

„Als Uroma lange nichts von Jehann gehört hatte, brach sie völlig zusammen. Der damalige Dorfarzt half ihr zwar im Alltag, psychisch wieder aufrichten konnte er sie kaum. Ob die beiden auch ein Verhältnis anfingen, weiß ich nicht. Er war ja auch schon älter."

Freya hatte dazu nichts mehr im Buch gelesen – nach den nächtlichen Besuchen von Otto Schmidt und dem Vertrauensbruch, den er damit Janne gegenüber begangen, und den Ängsten, die er damit in ihr ausgelöst hatte, hielt sie das aber eher für unwahrscheinlich.

„Nun, jedenfalls wurde Jehann im Ersten Weltkrieg schwer verwundet. Er hatte – solange ich ihn kannte – nur noch einen funktionsfähigen Arm, der andere Arm war steif. Ohne seine Frau und Hilfe aus der Nachbarschaft hätten sie den Hof nicht bewirtschaften können."

Freya wurde unruhig. Die Frage, die sie wirklich interessierte, war noch nicht mal angesprochen worden. Immerhin ging es um ihren eigenen, um Freyas Stammbaum. Daher schoss es aus ihr heraus: „War Oma denn eigentlich das Kind von Janne und Jehann? Oder hat sie sich einen Liebhaber gesucht, als sie Jehann schon abgeschrieben hatte?"

„Nun, soweit ich es weiß, hatte sie Jehann nie abgeschrieben. Trotzdem gab sie irgendwann die Hoffnung auf, weil es einfach zu sehr schmerzte. Von der Westfront kamen immer mehr schlechte Nachrichten, immer mehr Eltern bekamen Briefe, in denen der Tod ihrer Söhne bedauert wurde. Dass Janne hierdurch nicht gerade Hoffnung schöpfte, kann wohl jeder verstehen. Sie erzählte einmal von einem russischen Offizier, der in dem Lager hier in Wrohm lebte. Er blieb später sogar im Dorf und wurde als Gemeindearbeiter angestellt. Die beiden waren sich wohl sehr sympathisch…"

Ja, Freya konnte das verstehen. Ihre eigenen Erfahrungen kamen in ihr hoch, der Schmerz über das unmögliche Verhalten von John klang noch deutlich nach. Aber sie hätte jetzt keine Ambitionen, sofort den nächsten Typen aufzureißen. Andererseits war sie aber auch schon fast 20 Jahre älter als Janne damals.

Aber was war das mit dem russischen Offizier? Sie stammte also vielleicht von einem russischen Soldaten ab? Freya war von Neugier gepackt. Für sie würde sich vermutlich nichts ändern, aber das Wissen – oder zumindest die Vermutung, – dass sie eventuell noch Verwandtschaft in Russland hatte, erschien ihr spannend.

Trotzdem wurde sie das Gefühl nicht los, dass ihr Vater ihr nicht alles sagte. Was verschwieg er ihr?

Jetzt setzte er sich zu ihr rüber auf das Sofa und nahm sie in den Arm, wahrscheinlich spürte er ihr Unbehagen. Die Nähe ihres Vaters – des Mannes, den sie so selten traf – fühlte sich gut an. Sie begann, sich zu entspannen, lehnte ihren Kopf an seine Brust.

„Ach, Kleines, es gibt noch so viel zu erzählen, und ich selbst weiß nicht, ob alles der Wahrheit entspricht. Manches erscheint mir zu unglaublich. Komm, wir gehen jetzt erst mal in die Kapelle, um Abschied von Oma zu nehmen. Dann erzähle ich dir mehr."

Freya hatte keine Furcht vor dem Gang zur Kapelle. Schließlich hatte sie ihre Oma ja bereits tot aufgefunden. Daher erhob sie sich und folgte ihrem Vater.

Angespannt war sie vor allem deshalb, weil es noch viele Geheimnisse zu geben schien, von denen ihr Vater noch nicht ansatzweise erzählt hatte.

„Ein russischer Offizier als Lover von Janne, eine Geschichte wie aus der billigsten Klatschpresse. Ha, das konnte doch nicht alles sein!?!"

Nachwort

Ich danke allen Leserinnen und Lesern dieses zweiten An-der-Schwelle-Romans. Ich hoffe, dass ich Ihre Erwartungen erfüllen konnte und Sie eine spannende Zeit mit Janne und Jehann hatten. Sie haben mir erneut Ihre Zeit, Ihr Interesse und durch den Kauf auch einen Teil Ihres Geldes geschenkt. Nichts anderes stärkt meine Schaffenskraft in diesem Maße. Ich schreibe Ihnen deshalb auch gern noch einen dritten Band.

Lassen Sie uns aber zunächst auf dieses Buch zurückblicken.

Auch in diesem An-der-Schwelle-Roman wird wieder einmal deutlich, dass die Menschen in den guten alten Zeiten vielleicht doch nicht immer so gut, und schon gar nicht so anders waren als die Menschen heutzutage. Gefühle wie Liebe, Lust und Furcht trieben auch damals junge Menschen um, die in jener Zeit noch nicht wissen konnten, dass sie einstmals von einer – nämlich von unserer – Generation zu den „Uralten" gezählt würden. So wird es uns auch einst gehen. Die Generation von Janne und Jehann hatte zwar weniger technische Möglichkeiten als die heute lebenden Personen; anders empfunden und anders reagiert haben sie jedoch oftmals nicht. Diese Feststellung könnte sicher eine Randnotiz in diesem oder auch vielen anderen Büchern sein. Doch wenn man die Vergangenheit und das Leid der vorangegangenen Generationen verurteilt, wie es heute zu Recht geschieht, dann sollte man sich auch vor Augen halten, dass das vergangene Unrecht auch heute jederzeit wieder geschehen könnte. Natürlich sind die heutigen Gesellschaften sehr viel pluralistischer, und das Internet gibt selbst dem ärmsten Geschöpf auf Erden in den Weiten der Bloggerlandschaft indirekt irgendwo eine Stimme. Gleichwohl sieht man aber auch, wie manipulativ diese Mechanismen wirken können. So wird die Gefahr einer kollektiven Verwirrung umso größer, je mehr Informationen man über die unterschiedlichen Kanäle bekommt. Auch die Protagonisten in dieser Geschichte wirken oftmals orientierungslos und fragen sich, wozu das alles gut sein soll und wer denn eigentlich die Schuld an dem Unheil trägt. Je nach Standpunkt vermag man trotz der Informationsvielfalt auch heute kaum noch zu sagen, was nun Fake News sind, was der Wahrheit entspricht, was gut und was böse ist. Der inflationäre und politisch opportune Gebrauch dieser Vokabeln hat hierzu in großem Maße beigetragen. Hier sei darauf hingewiesen, dass es heute genauso wenig wie damals eine absolute Wahrheit gibt, zu komplex sind viele Sachverhalte.

Gleichzeitig ist die Geschichtsschreibung – und insbesondere die Historie, zu der es heute keine Zeitzeugen mehr gibt – ein ganz eigenes Universum, über das entsprechend viel gestritten werden kann. Ich habe ganz bewusst eine in den Geschichtswissenschaften umstrittene These aufgegriffen, nach der es zu Beginn des Ersten Weltkrieges vielleicht gar keine so große Kriegsbegeisterung gegeben hat, wie Chronisten heute meinen. Es wird zu Recht gefragt, warum gerade die Schlachteneuphorie so häufig auf Fotos und sogar ersten Filmen zu sehen ist, obwohl es doch damals für den Hausgebrauch kaum Geräte gab, um solche Emotionen festzuhalten. Ist es dann nicht eine berechtigte Behauptung, dass die gezielte Propaganda hier eine Rolle gespielt haben könnte?

Auch der Auftritt des Kaisers Wilhelm II., der zu Beginn des Weltenbrandes einen Appell an sein Volk richtete, ist auf Schallplatte gebannt und u.a. im Internet zu finden. Diese Aufnahmetechnologie wurde sicher auch bewusst und hoheitlich eingesetzt. Diese medialen Vorzüge standen bei weitem nicht jedermann zur Verfügung. Die Monopolisierung der Meinung kann somit genauso schädlich sein wie eine Meinungsanarchie. Man verliert einfach zu schnell den eigenen Fokus. Auch das soll eine für unser Zusammenleben hilfreiche Botschaft dieses Buches sein. Vertrauen auf andere und eigene Meinungsstärke sind zwei Pole, die es zusammenzuhalten gilt. Die Gedanken Jorans sind hierbei oftmals genauso wertvoll wie die Überlegungen Jehanns oder die Erlebnisse Jannes.

Ich lege Wert darauf, dass in diesen Worten kein erhobener Zeigefinger mitschwingt. Wer diese Thematik vertiefen möchte, kann dies auch in einigen Fachpublikationen von mir tun. Diese sind auch bei unterschiedlichsten Buchhändlern unter meinem Namen auffindbar. Wer weiß schon, wie es uns damals selbst ergangen wäre? Vielleicht wären wir Fahnen schwenkend und voller Patriotismus selbst in den Krieg gezogen. Das weiß heute niemand. Vielmehr befinde ich mich auf derselben Stufe wie Sie, liebe Leserinnen und Leser, und gemeinsam mit Ihnen entwickle ich diese Gedanken. Wer solcherlei Überlegungen nicht folgen mag, der möge einfach den Unterhaltungswert meiner Bücher genießen; auch das ist vollkommen legitim und ganz in meinem Sinne. Jeder möge selbst entscheiden, für welches Vergnügen er dieses Buch verwendet.

Ich wünsche Ihnen auf jeden Fall viel Spaß mit dieser Fortsetzung und hoffe, dass Sie auch anderen davon erzählen.

Ganz zum Schluss möchte ich noch *Danke* sagen. Ohne die Hilfe von Andrea Henkel und ihrer Text- und Presseagentur „Wortakzente" (www.wortakzente.de) wäre dieses Buch sicher nicht so grammatikalisch korrekt und fehlerfrei auf den Markt gekommen. Genauso gilt mein Dank meiner langjährigen Assistentin Susanne Junge, die das Skript mit größter Sorgfalt auf logische Widersprüche durchforscht hat. Die beiden Damen bekommen sicher bald neue Skripte von mir, die sie genauso zu überprüfen haben werden wie das vorliegende Buch.

Ich gehe nun gleich wieder an die Arbeit, um für Sie spannende Sachverhalte aufzuschreiben.

Ihr Carsten Dethlefs

www.carsten-dethlefs.de

MIX

Papier | Fördert
gute Waldnutzung

FSC® C083411

Zeitfracht Medien GmbH
Ferdinand-Jühlke-Straße 7
99095 Erfurt, Deutschland
produktsicherheit@kolibri360.de